AF472797

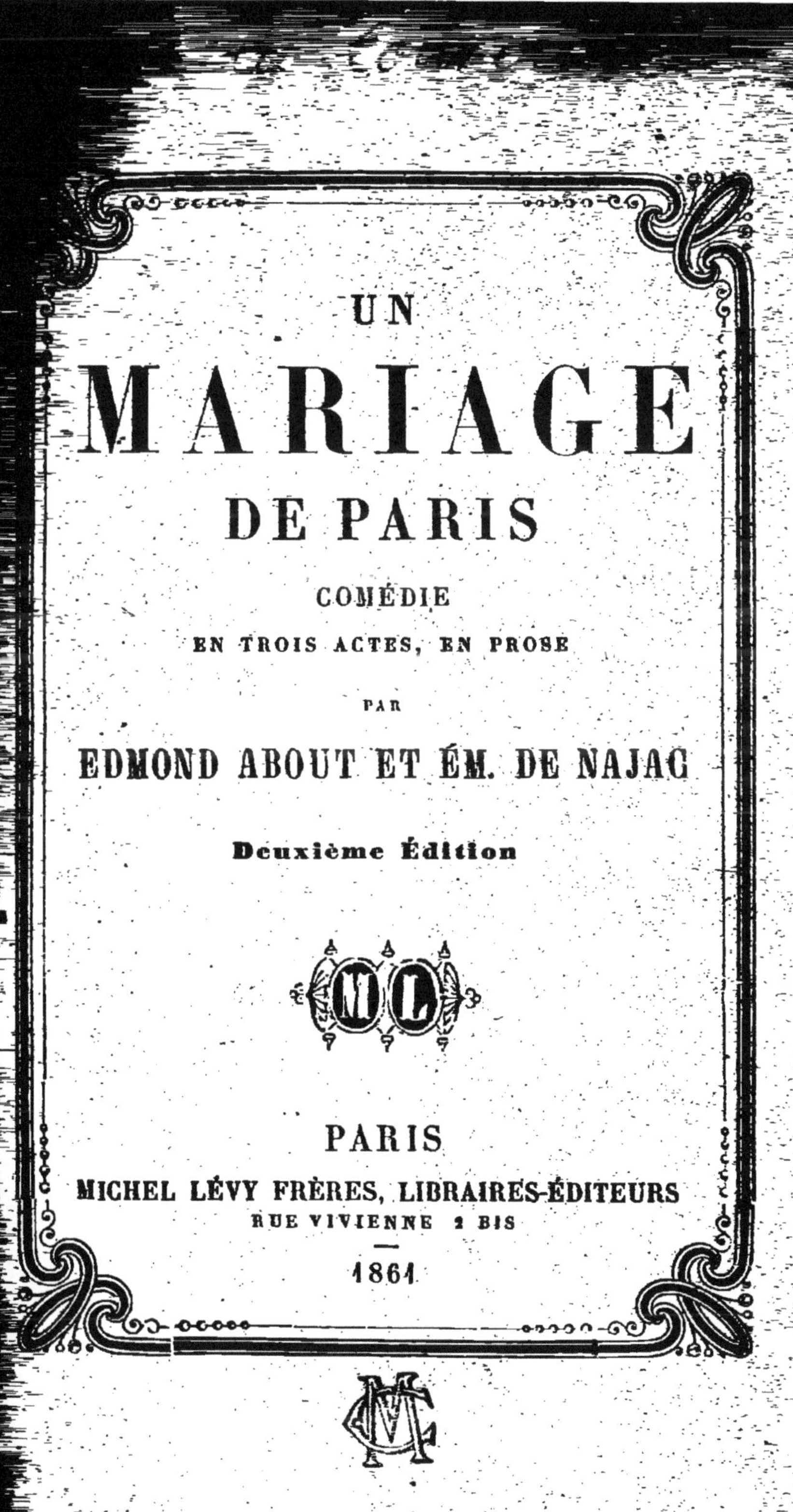

UN MARIAGE DE PARIS

COMÉDIE

EN TROIS ACTES, EN PROSE

PAR

EDMOND ABOUT ET ÉM. DE NAJAC

Deuxième Édition

PARIS

MICHEL LÉVY FRÈRES, LIBRAIRES-ÉDITEURS

RUE VIVIENNE 2 BIS

1861

UN MARIAGE DE PARIS

COMÉDIE

Représentée pour la première fois, à Paris, sur le théâtre du Vaudeville,
le 5 juillet 1861

LAGNY. — Typographie de A. VARIGAULT et Cie.

UN

MARIAGE DE PARIS

COMÉDIE EN TROIS ACTES

EN PROSE

PAR

EDMOND ABOUT ET ÉMILE DE NAJAC

DEUXIÈME ÉDITION

PARIS

MICHEL LEVY FRÈRES, LIBRAIRES-ÉDITEURS

RUE VIVIENNE, 2 BIS

—

1861

PERSONNAGES

DANIEL PÉRIN	MM.	Frédéric Febvre.
DE MARSAL		Paul Boisselot.
DES TOURNOIS		Candeilh.
UN DOMESTIQUE		Roger.
MADAME MICHAUD	Mme	Lambquin.
VICTORINE, sa nièce	Mlles	Athalie Manvoy.
TAMERLAN, rapin		E. Paurelle.

La scène se passe à Paris, de nos jours.

Toutes les indications sont prises de la gauche du spectateur.

Pour la mise en scène très-exacte, s'adresser à M. Brierre, souffleur-copiste au théâtre.

UN
MARIAGE DE PARIS

ACTE PREMIER

Un parc. — Bosquets et bancs. — Statue sous le bosquet à gauche. — Au fond, un mur de clôture. — Au milieu du mur, un saut de loup. — Derrière le saut de loup, une route praticable. — Un banc à droite. — Chaises de jardin, etc.

SCÈNE PREMIÈRE

MADAME MICHAUD, DE MARSAL, DES TOURNOIS*.

(Au lever du rideau Mme Michaud entre en scène du premier plan à droite, suivie de des Tournois, qui descend à gauche, et de de Marsal, qui gagne la droite.)

MADAME MICHAUD.

Assez causé, mes bons messieurs, je n'entends rien à tous vos beaux mots. — On ne m'a pas mise en pension à Saint-Denis, moi ; j'ai été marchande de beurre avant d'être millionnaire, et j'appelle les choses par leur nom. Ma nièce Victorine a cinq cent mille francs de dot que je lui donne, sans compter le château et le parc que voici : quarante-huit arpents de futaie à deux pas des Gobelins, en plein cœur de Paris. Après ma mort, le plus tard possible, s'il plaît à Dieu ! Victorine héritera de sept à huit millions, que feu Michaud, mon défunt, a économisés dans les démolitions. Il m'en aurait laissé plus que cela, le pauvre cher homme ! si, dans son ardeur de démolition, il n'avait eu la bêtise de se démolir lui-même : c'est la seule mauvaise affaire qu'il ait faite. Mais il n'y a pas à dire mon bel ami, on ne peut pas revenir là-dessus ! Je me suis mis là que ma nièce épouserait un noble. On jabotera, si on veut

* Des Tournois, Mme Michaud, de Marsal.

jaboter, nous pouvons nous payer ça, nous avons le moyen! C'est bien assez que je me sois appelée Michaud toute ma vie, il faut que ma nièce porte un nom cossu et qu'elle fasse dessiner des petites *armoires* sur les machins de sa voiture! Ça y est-il?

DE MARSAL.

Vous êtes, ma chère madame Michaud, d'une rondeur charmante!

MADAME MICHAUD.

C'est ce que ma corsetière me disait pas plus tard que ce matin, mon bon monsieur de Marsal.

DES TOURNOIS (accent toulousain).

Mon noble ami, madame, ne faisait allusion qu'à la sincérité de votre caractère.

MADAME MICHAUD.

Je suis comme je suis! Ceux qui ne seront pas contents prendront la porte; tant qu'à vous, mes bonnes gens, vous êtes tous les deux dans le programme! (A de Marsal.) Vous, Marsal, vous êtes vicomte, c'est-y pas comme ça que ça se dit?

DE MARSAL.

Oui, madame, ça se dit comme ça dans la famille depuis les croisades.

MADAME MICHAUD, à des Tournois.

Vous, des Tournois, vous êtes baron; je connais les barons, l'empereur en faisait.

DES TOURNOIS.

Nous autres, madame, nous datons du Béarnais.

MADAME MICHAUD.

Ça m'est égal, du moment qu'on ne met pas sa date sur son chapeau, comme le numéro d'un conscrit. L'important c'est que Victorine sera baronne ou vicomtesse, suivant que vous vous mettrez l'un ou l'autre dans ses petits papiers; mais comme nous ne sommes pas ici pour nous amuser, et comme je suis pressée de devenir grand'tante, je vous préviens que vous n'en avez plus que pour quinze jours, pas une minute de plus! D'aujourd'hui en quinze, si ma nièce n'a pas fait un choix, je vous invite à prendre vos cliques et vos claques, et je fais débouler la seconde fournée.

(Elle va s'asseoir sur le banc en passant devant de Marsal. Des Tournois remonte, se dirige à droite et va s'appuyer sur le dossier du banc. De Marsal avance une chaise et s'assied à la gauche de Mme Michaud.*)

* De Marsal, sur la chaise; Mme Michaud, sur le banc; des Tournois, debout.

DE MARSAL.

Ah! il y a une seconde fournée!

MADAME MICHAUD.

Dame! vous n'avez pas la prétention de vous pétrifier dans le château. Quand on m'a présenté feu Michaud, c'était dans une avant-scène des Folies-Dramatiques; je n'ai fait ni une, ni deux, moi, j'ai dit : Voilà un homme qui me va, je lui ai tapé dans la main, et nous avons soupé au *Cadran bleu* avec nos auteurs respectifs.

DES TOURNOIS.

Des mœurs patriarcales!

DE MARSAL.

La cordialité de l'âge d'or!

MADAME MICHAUD.

Ce satané Michaud! C'était un homme dans votre genre, monsieur des Tournois, un Turc pour la force.

DES TOURNOIS.

Je suis tout bonnement le plus fort de Toulouse.

MADAME MICHAUD.

Et un agneau pour la douceur, comme vous! C'était moi qui le battais!..

DES TOURNOIS.

Trop heureux, madame, si vous pouviez le voir revivre en moi!

MADAME MICHAUD.

Bah! nous n'irons plus au bois, les lauriers sont coupés. Tout ce que je lui reproche, c'est de ne pas avoir emporté son nom avec lui; dire que je suis veuve et sans homme, et qu'il faut encore que je m'appelle madame Michaud!

DE MARSAL.

Mademoiselle Victorine ne sera pas exposée à ce petit désagrément.

MADAME MICHAUD.

Non! parce que si elle ne choisit pas entre vous, on lui amène dans quinze jours le marquis des Mazures et le duc de Tournoison, rien que ça! Peut-être même vous présenterai-je un de ces quatre matins le prince de... c'est mon secret! Les princes sont assez demandés depuis quelque temps, et l'on n'en vend pas à la douzaine... Un jeune homme romanesque et bien tourné, dit-on. Pas énormément de quibus; mais si tous les grands seigneurs avaient cent mille livres de rente, il n'y en aurait pas pour notre nez...

DE MARSAL.

Soyez persuadée, madame, qu'un vrai gentilhomme ne vend ni son cœur, ni son nom !

DES TOURNOIS.

Ce qui nous distingue du vulgaire est précisément le mépris des richesses.

DE MARSAL.

Si j'aime mademoiselle Victorine, c'est parce qu'elle est la plus aimable des femmes ; il faut en vérité que je sois bien épris pour pardonner à cette belle enfant l'énormité de sa fortune.

DES TOURNOIS.

Moi, madame, je voudrais qu'elle fût pauvre, sans pain et sans asile.

DE MARSAL.

Et moi aussi, pour m'agenouiller à ses pieds et lui dire : Le château de mes pères est à vous ! (Il descend à gauche.)

DES TOURNOIS, allant à lui.

En ce cas, cher ami, elle ferait bien d'emporter un parapluie, car il y pleut, dans le château de vos pères !

DE MARSAL.

On ne saurait en dire autant du vôtre, cher ami, les géographes n'ont jamais su le trouver dans les brouillards de la Garonne.

DES TOURNOIS.

Monsieur !

DE MARSAL.

Monsieur !

MADAME MICHAUD, se levant*.

Messieurs, ce n'est pas à moi qu'il faut dire ces bêtises-là, c'est à Victorine. Celui qu'elle choisira sera bien choisi ! Et vous passez le temps à vous disputer, au lieu de lui conter fleurette ? Chaud, chaud, la noblesse de France ! Jarnicoton ! les hommes de mon temps allaient plus vite en besogne. La petite est bonne à marier, elle ne demande pas mieux que de se laisser prendre, en tout bien tout honneur, s'entend ! Tous les livres qu'elle lit sont des romans d'amour et de chevalerie où les belles demoiselles en robe à queue, avec un page derrière leurs talons, embrassent des messieurs habillés de ferraille, en leur passant la main dans la crinière de leurs casques.

* De Marsal, des Tournois, Mme Michaud.

DES TOURNOIS.

Mais nous aussi, nous sommes des chevaliers comme nos pères!

DE MARSAL.

Comment donc, cher ami, lorsque je suis entré dans votre chambre ce matin, n'aviez-vous pas un casque sur la tête?

DES TOURNOIS.

Monsieur!

DE MARSAL.

Monsieur!

MADAME MICHAUD. (Elle passe *.)

Messieurs! Est-ce que ça va durer longtemps? Est-ce que vous me prenez pour un champ de bataille? Allez-vous-en faire votre cour à Victorine. (Ils remontent.) Ou plutôt, non, j'ai besoin de vous. (Ils redescendent.)

DE MARSAL.

La devise de notre maison est : *Tout pour les dames !*

MADAME MICHAUD.

Eh bien, mon cher monsieur de Marsal, donnez un coup de pied jusqu'au château, et dites à mon intendant de préparer la chambre verte.

DE MARSAL.

Ah!

MADAME MICHAUD.

Vous n'y êtes pas du tout; c'est pour une personne que j'attends! Un monsieur, ou plutôt, non, un homme. Au fait, c'est peut-être un monsieur! Dans tous les cas, c'est un particulier qui ne vous fera pas concurrence!

DE MARSAL.

Madame!

MADAME MICHAUD.

Quant à vous, monsieur des Tournois, prenez vos jambes à votre cou, et allez voir si le jardinier a exécuté mes ordres. Il est au bout du jardin, dans le petit pavillon, et il range.

DES TOURNOIS.

Ah!

MADAME MICHAUD.

Ça vous dérange, que mon jardinier range; n'ayez pas peur!.. C'est toujours pour le monsieur... ou l'homme... ou le particulier dont je ne vous ai pas parlé,

* De Marsal, Mme Michaud, des Tournois

DE MARSAL, bas à des Tournois.

Est-ce que ça vous paraît clair?

DES TOURNOIS, très-haut.

A moi, monsieur? Mais certes, ça me paraît très-clair! Je n'ai jamais douté de la parole de madame Michaud.

DE MARSAL.

Ni moi non plus, monsieur, et je m'étonne...

DES TOURNOIS.

Et moi, je m'étonne que vous vous étonniez.

(Ils sortent en se disputant.)

SCÈNE II

MADAME MICHAUD, VICTORINE *.

VICTORINE, cachée.

Pstt!

MADAME MICHAUD.

Hein?

VICTORINE.

Pstt!

MADAME MICHAUD.

Plaît-il?

VICTORINE.

Pstt! Pstt!

MADAME MICHAUD.

Homme ou z'oiseau, qui es-tu?

VICTORINE, se montrant.

C'est moi, ma tante.

MADAME MICHAUD.

Tu écoutais donc, petite masque?

VICTORINE.

Je suis arrivée au milieu de la conversation avec mon livre.

MADAME MICHAUD.

Et qu'est-ce qu'il dit, ton livre?

VICTORINE.

Il dit que la belle princesse Atalante était demandée en mariage par le puissant Front de bœuf, roi des Daces, et par Nicanor le Pâle, calife du pays de Schiraz.

* Victorine, Mme Michaud.

MADAME MICHAUD.

Ah! ah! il paraît que la chose est de tous les temps! Et que répondait-elle, la belle princesse Atalante?

VICTORINE.

Elle ne répondait ni oui, ni non, mais elle aurait bien voulu n'épouser ni l'un ni l'autre.

MADAME MICHAUD.

C'était bien amusant pour la tante de la princesse, pourvu qu'elle fût curieuse de devenir grand'tante!

VICTORINE.

Oh! mais il arriva un prince plus beau que le jour qui battit le roi des Daces, désarçonna le calife de Schiraz et emporta la princesse Atalante sur la croupe de son cheval.

MADAME MICHAUD.

Eh bien, c'est du propre! Est-ce que tu crois que je t'ai donné une éducation du premier numéro pour que tu t'en ailles avec la cavalerie?

VICTORINE.

Oh! ma tante!

MADAME MICHAUD.

Ils ne sont pas mal, ces messieurs : est-ce qu'il te déplaisent, voyons?

VICTORINE.

Non, ma tante, mais ils ne me plaisent pas! et je voudrais tant aimer mon mari!

MADAME MICHAUD.

L'amour ne vient pas tout seul! Il faut se forcer un peu!... force-toi!... M. des Tournois est un fort homme!

VICTORINE.

Il est lourd, il est brutal, il fait trop de gymnastique, trop d'escrime; et même dans la conversation, il a toujours l'air de vouloir tout casser!

MADAME MICHAUD.

Ça, vois-tu, c'est de peur d'engraisser! M. des Tournois a raison. Il ne veut pas ressembler à son père, qui ressemblait à une tonne! Mais M. de Marsal, qu'est-ce que tu as contre lui?

VICTORINE.

Rien, ma tante; mais je ne sens rien pour lui, et cela m'attriste!

MADAME MICHAUD.

En un mot, comme en deux, veux-tu épouser un gentilhomme? Je te préviens que je ne te donnerai jamais à un bourgeois! C'est assez d'un Michaud dans la famille, il n'en fau- plus! Eh bien, le choix n'est pas grand dans la noblesse de France, il faut se contenter de ce qu'on a. En voici deux qui te demandent, qui te recherchent, qui t'aiment!

VICTORINE.

Et si ces messieurs n'en voulaient qu'à ma dot?

MADAME MICHAUD.

C'est impossible! Ils viennent de me dire le contraire!

VICTORINE.

Ah! ma tante! si un homme était vraiment épris de moi, quelque chose me le dirait... (Elle va poser son livre sur le banc.)

MADAME MICHAUD *.

Tu crois ça?

VICTORINE.

Oui, le cœur est clairvoyant; à mon âge, il n'a pas les yeux fatigués.

MADAME MICHAUD.

C'est bon! c'est bon! Si ceux-ci ne te vont pas, nous en ferons venir d'autres : nous avons le moyen!

VICTORINE.

Toujours de nouveaux visages! toujours entendre les mêmes banalités, répétées sur le même ton!

MADAME MICHAUD.

Et si je te disais qu'un prince, un vrai prince, pas un prince fil et coton, doit s'introduire ici pour te faire la cour!

VICTORINE.

Un prince, dites-vous?

MADAME MICHAUD.

Ah! tu ne boudes plus!.. Nous aimons donc les princes, mademoiselle?...

VICTORINE.

Pas tous, ma tante!

MADAME MICHAUD.

Je l'espère bien!... Ce serait du joli!... Le mien est étranger... Italien... d'origine!... Le prince de Villa-Reale!... Ça t'intéresse?

VICTORINE.

Oh! oui!... Je vous dirai pourquoi!

* Mme Michaud, Victorine.

MADAME MICHAUD.

Il voulait se faire présenter par sa tante, la marquise de Cherbonneau!... Mais il paraît qu'il s'est ravisé, et qu'il se présentera sous un déguisement...

VICTORINE.

Sous un déguisement?

MADAME MICHAUD.

Comme dans cette pièce des Délassements-Comiques, *le Jeu de l'amour et du hasard*... pour te connaître!...

VICTORINE.

Il ne me connaît donc pas?

MADAME MICHAUD.

Mais si!... Il te connaît! il t'a vue!... Il a dansé avec toi!...

VICTORINE.

A l'ambassade d'Espagne?

MADAME MICHAUD.

Pourquoi d'Espagne?

VICTORINE.

Mais, ma tante, parce que... parce que...

MADAME MICHAUD.

Diable! Venez ici, mademoiselle! et regardez-moi bien en face!

VICTORINE, détournant la tête.

Je vous regarde, ma tante!

MADAME MICHAUD.

Entre les deux sourcils! Ah! mais! ah! mais!... Tu es amoureuse!

VICTORINE.

Moi, ma tante, je ne crois pas.

MADAME MICHAUD.

Alors, pourquoi as-tu rougi?

VICTORINE.

Lorsqu'on a vu quelqu'un une fois, une seule fois, et qu'on y pense de temps à autre, un peu souvent, est-ce que c'est de l'amour?

MADAME MICHAUD.

Sac à papier!... Ça y ressemble!... Mais pourquoi diable ne m'en avoir rien dit? pourquoi me laisser patauger entre le Tournois et le Marsal! Non! Ces petites filles n'en font jamais d'autres; elles ne disent rien de peur d'être mangées! Suis-je donc un ogre? (Changeant de ton.) Comment est-il?

VICTORINE.

Charmant!

MADAME MICHAUD.

Blond?

VICTORINE.

Brun.

MADAME MICHAUD.

J'aime mieux ça, pour un neveu. Est-ce que je le connais?

VICTORINE.

Vous l'avez vu, mais vous ne le connaissez pas!

MADAME MICHAUD.

Où donc l'avons-nous rencontré?

VICTORINE.

A l'ambassade d'Espagne, il y a six mois!

MADAME MICHAUD.

Il y a un siècle!

VICTORINE.

Il y a six siècles, ma tante!

MADAME MICHAUD.

Et vous vous convenez?

VICTORINE.

Puisque nous avons valsé ensemble!

MADAME MICHAUD.

Mais alors, c'est M. de Villa-Reale!

VICTORINE.

Je le crois!

MADAME MICHAUD.

Mais pourquoi c'est-il que tu le crois?

VICTORINE.

Quelque chose me le dit... là!... et puis....

MADAME MICHAUD.

Va donc!

VICTORINE.

Je venais de valser avec lui. Il m'avait reconduite à ma place... et il m'avait saluée avec une grâce... J'en étais encore toute émue! L'ambassadrice, qui m'avait fait asseoir à côté d'elle, me dit : «Connaissez-vous ce beau jeune homme avec qui vous avez dansé?—Non, madame, on ne me l'a pas présenté!...mais il suffit de le voir pour deviner un homme du plus grand monde! — Oui répondit-elle, en souriant, c'est un prince dans sa partie! »

MADAME MICHAUD.

Dans sa partie?... Dans sa patrie!... Tu as mal entendu!... Patrie!... patrie!... C'est le prince de Villa-Reale!

VICTORINE.

Quel bonheur!

MADAME MICHAUD.

Oui, ce sera charmant! Nous allons jouer la comédie au château!... On n'aura pas l'air de se connaître, et l'on se connaîtra tout de même!... Tu lui diras ci! Il te répondra ça!... Moi, je lui dirai autre chose!... comme dans les pièces!... Ça sera gentil comme tout!

UN DOMESTIQUE, entrant.

Madame...

MADAME MICHAUD.

Qu'est-ce qu'il veut encore, celui-là?

SCÈNE III

LES MÊMES, LE DOMESTIQUE*.

LE DOMESTIQUE.

Madame, on amène toutes sortes de choses.

VICTORINE.

Toutes sortes de choses?

LE DOMESTIQUE.

Sur une voiture à bras, de la part de M. Daniel Périn.

VICTORINE.

Daniel Périn?...

MADAME MICHAUD.

Oui! J'oubliais de te dire!... C'est mon artiste

VICTORINE.

Votre?...

MADAME MICHAUD.

Le monsieur pour mon buste!... Un fameux!... Tiens! celui qui a fait cette statue-là!... Tu l'auras pour ta fête!

VICTORINE.

Comment?

* Mme Michaud, le domestique, Victorine.

MADAME MICHAUD.

Pas la statue, mon buste! Je suis allée à la recherche de M. Daniel Périn!... avec le livret de l'exposition!... il demeure 'u diable, rue des Martyrs!... Il n'y était pas!... J'ai trouvé sa ıère; nous nous sommes entendues tout de suite... une brave ·mme!... Je ne sais pas où elle prend son anisette; il faudra que je lui demande ça! Nous avons fait prix pour 2,000 francs! En marbre, par exemple! Je n'aime pas le bronze, moi!... On a l'air de vieux Romains! Tu comprends bien que je n'irai pas poser rue des Martyrs! J'aime mieux le garder ici! Je lui donne la chambre verte, et puis le pavillon pour atelier. Jean, vous porterez les outils au pavillon avec le marbre!...

LE DOMESTIQUE.

Il n'y a pas de marbre, madame.

MADAME MICHAUD.

Comment! pas de marbre! Est-ce qu'il veut me faire en mie de pain?

LE DOMESTIQUE.

Madame, il y a de la terre glaise.

MADAME MICHAUD.

De la terre glaise! Pour qui donc me prend-il, avec sa terre glaise? 2,000 francs de terre glaise! c'est un peu fort! Est-ce je suis femme à prendre des vessies pour des lanternes? Je voudrais bien voir qu'on se permît de faire mon portrait en terre glaise; c'est bon pour les gens qui n'ont pas le sou!... Attends-moi là! Je vais joliment la lui faire avaler, sa terre glaise!... (Elle sort avec le domestique.)

SCÈNE IV

VICTORINE, seule.

Le prince de Villa-Reale! attendons! (Elle va prendre le livre et s'assied sur le banc. L'orcheste exécute piano un nocturne de Chopin.) (Elle lit lentement.) « Et comme la princesse Atalante se tenait assise devant le « château, en disant : Malheureuse que je suis!... Qui me déli« vrera de mes prétendants...? elle aperçut au loin un nuage « de poussière... et bientôt un cavalier... (Daniel et Tamerlan, portant un paquet, traversent la route de l'autre côté du saut de loup.) (Victorine continue de lire.) « beau comme un dieu, mit le genou en terre devant elle, et « dit en lui baisant la main : Celui qui vous délivrera, prin« cesse, le voici! »

SCÈNE V

VICTORINE, DANIEL*.

DANIEL reparaît, ayant l'air de chercher une porte. Enfin, il prend son parti et franchit le saut de loup.

Ouf! m'y voici! (L'orchestre cesse.)

VICTORINE.

Tiens! mon valseur! Je ne m'étais pas trompée! C'est vous, monsieur!

DANIEL.

Cristi! la jolie fille! Pardonnez-moi, mademoiselle, d'entrer chez vous comme une bombe à Sébastopol. J'ai sonné un quart d'heure avec Tamerlan à une vieille grille qui est probablement condamnée, et faute de pouvoir trouver la porte, j'ai pris au plus court!

VICTORINE, à part.

C'est lui!...

DANIEL.

Je ne prévoyais pas que j'aurais à me présenter moi-même; mais ce sera bientôt fait: Je me nomme Daniel Périn, et je viens pour le buste de madame Michaud.

VICTORINE.

Ah! c'est très-ingénieux!

DANIEL.

Comment!... ingénieux?...

VICTORINE.

Je vous crois, monsieur!... Je suis trop polie pour ne pas vous croire, et trop heureuse pour vous contredire, et vous venez...

DANIEL.

Pour le buste!...

VICTORINE.

Je sais, monsieur, pour le buste de ma tante! Quelle surprise!

DANIEL.

En effet! madame Michaud avait dit à maman qu'il s'agissait d'une surprise!

VICTORINE.

Nous disons donc, monsieur, que vous êtes sculpteur?

* Daniel, Victorine.

DANIEL.

En effet, mademoiselle, nous ne l'avons pas mal dit depuis cinq minutes.

VICTORINE.

Et même le sculpteur de l'ambassade d'Espagne, n'est-il pas vrai ?

DANIEL.

Pas précisément... mais j'ai travaillé par là !

VICTORINE.

Travaillé... et dansé !

DANIEL.

Je danse... à l'occasion !...

VICTORINE.

Enfin, vous étiez à ce grand bal que l'ambassadeur a donné au mois de janvier?

DANIEL.

Y étais-je ? Oui, je crois que j'y étais.

VICTORINE.

Oh ! certainement ! Vous avez valsé avec une jeune fille qui avait des bluets dans les cheveux !

DANIEL.

Des bluets... des bluets... C'est bien possible !

VICTORINE.

Oh ! quel diplomate vous faites ! Je ne vous demande pas si vous avez gardé un souvenir de votre valseuse ?...

DANIEL.

Un souvenir de ma valseuse? Certainement, mademoiselle, certainement !

VICTORINE.

Merci ! Et comment avez-vous pu la laisser si longtemps sans nouvelles ?

DANIEL.

Ma foi, mademoiselle, pour deux raisons : la première, c'est que je ne savais pas si elle se souciait d'en avoir; la seconde, c'est que je n'avais ni son nom, ni son adresse !

VICTORINE.

C'est une excuse !... Et le temps vous a-t-il paru bien long?

DANIEL.

Pardon, mademoiselle, vous connaissez donc ma valseuse de l'ambassade d'Espagne?

VICTORINE, riant.

Non! je ne la connais pas! Nous disons donc, monsieur, que vous êtes sculpteur?

DANIEL.

Je tâcherai de vous le prouver, puisque vous ne me croyez pas sur parole.

VICTORINE, remontant un peu.

Je vous crois, je vous crois... Eh! tenez, comment trouvez-vous cette statue?

DANIEL *.

Peuh! peuh!... médiocre!... La composition n'est pas mauvaise; mais entre nous, le travail est un peu lâché!

VICTORINE, riant.

Admirable!... Mais elle est de vous, mon cher monsieur Daniel Périn, sculpteur.

DANIEL.

Parbleu! mademoiselle, je le sais bien; c'est pourquoi je ne me flatte pas!

VICTORINE.

Il a réponse à tout. Savez-vous, monsieur Daniel Périn, que si vous ne m'aviez pas dit vous-même que vous faites des statues pour vivre... Car vous travaillez pour vivre, n'est-il pas vrai?

DANIEL.

Oui, mademoiselle.

VICTORINE.

Si, dis-je, la politesse ne me condamnait à vous croire sur parole, je vous prendrais pour... Aidez-moi un peu!

DANIEL.

Pour un voleur, n'est-ce pas? J'ai en effet le costume et l'escalade de l'emploi!...

VICTORINE, finement.

Ou plutôt pour un grand seigneur déguisé! N'avez-vous pas rêvé quelquefois que vous étiez un grand seigneur?

DANIEL.

Moi?... non!...

VICTORINE.

Bien! très-bien!... Quel naturel!... Ah! quand même vous ne seriez pas sculpteur, vous seriez encore un grand artiste. Je suis curieuse de vous voir en présence de ces messieurs!

* Daniel, Victorine.

DANIEL.

Pardon, mademoiselle; je ne sais pas de quels messieurs vous voulez parler!

VICTORINE.

Vous allez le savoir dans un instant, car les voici. Savez-vous bien votre rôle? Ah! la bonne journée!... Ah! que je suis contente!...

DANIEL, à part.

Mon rôle! Quelle drôle de petite fille!

SCÈNE VI

LES MÊMES, DE MARSAL, DES TOURNOIS *.

DES TOURNOIS.

Mademoiselle, nous cherchions madame Michaud.

DE MARSAL.

Pour lui rendre compte de la mission qu'elle a bien voulu nous confier! (Apercevant Daniel.) Ah!...

VICTORINE, à Daniel.

M. le baron des Tournois, mon prétendant!

DES TOURNOIS, avec chaleur.

Mademoiselle, faut-il interpréter?...

VICTORINE, présentant de Marsal.

M. le vicomte de Marsal, mon prétendant!

DE MARSAL.

Mademoiselle!... (Victorine passe devant de Marsal.)

VICTORINE, à de Marsal et des Tournois.

M. Daniel Périn... qui n'est pas mon prétendant!... et que je vois pour la première fois! Sculpteur, messieurs! (Se tournant du côté de Daniel.) Car vous êtes sculpteur, c'est convenu! et qui vient faire le buste de ma tante pour de l'argent!...

DES TOURNOIS ET DE MARSAL, avec satisfaction.

Ah!

DANIEL, à part.

Jolie comme les amours! Mais quelle drôle de petite fille!

VICTORINE.

Vous êtes arrivés, messieurs, au moment où M. Daniel Périn allait me raconter son histoire.

* Daniel, de Marsal, Victorine, des Tournois.

DANIEL.

Mademoiselle!

VICTORINE.

C'est toujours assez intéressant pour nous autres, gens du monde; et la vie d'artiste, avec tous ses petits mystères, a je ne sais quoi qui stimule notre curiosité. Allons, monsieur, ne vous gênez pas, ces messieurs sont de la maison, s'ils ne sont pas de la famille, et vous pouvez me dire devant eux par quel concours de circonstances romanesques vous avez embrassé la profession de sculpteur. Asseyons-nous d'abord! (Victorine s'asseoit sur une chaise, de Marsal et des Tournois sur le banc.) Et maintenant, vous avez la parole!

DANIEL. (Il va chercher une chaise.)

Mon Dieu! mademoiselle, si j'avais prévu que vous me feriez l'honneur de me demander un roman pour amuser ces messieurs, j'aurais préparé à l'avance une petite série d'aventures; mais je suis venu ici pour travailler de mon état, il faudra donc que vous vous contentiez de mon histoire. (Victorine, du geste, l'invite à s'asseoir. Il obéit.) J'ai vingt-cinq ans! Je suis né à Joigny, en Bourgogne. Mon père, un digne homme, était scieur de long; ma mère, une sainte femme, était couturière. J'ai récolté des escargots dans les vignes quand j'étais petit; plus tard, on m'a mis en apprentissage chez un tailleur de pierres. Mon patron a trouvé que je pouvais faire un peu mieux, et il m'a conduit lui-même dans la boutique d'un marbrier où j'ai gravé des épitaphes. J'ai fréquenté l'école de dessin dans mes moments perdus, et à quinze ans et demi je me suis fait ornemaniste.

VICTORINE.

Ornemaniste! c'est charmant! Qu'entendez-vous par ornemaniste?

DANIEL.

C'est un sculpteur d'ornements, mademoiselle; de là à la figure, il n'y a qu'un pas, je l'ai fait; j'ai fabriqué des bonshommes de pierre pour le portail des églises. C'est un assez bon état, on y fait des journées de sept francs. Là-dessus, mon pauvre père est mort; ma mère a pris le pays en horreur, et nous sommes venus à Paris! Je n'y connaissais personne! Nous avons mangé de la vache enragée, comme on dit, dans les commencements; mais à la fin, j'ai fait mon trou! J'ai suivi l'École des beaux-arts, j'ai attrapé un second prix de Rome; deux ou trois bustes pas trop mauvais m'ont fait une espèce de réputation, les commandes sont venues; j'ai exposé, j'ai eu des médailles et tout ce qui s'ensuit. Maintenant, je gagne ma vie tant bien que mal! avec des hauts et des bas! Mais dans la bonne et la mauvaise fortune, j'ai toujours été retenu et soutenu par une digne et courageuse femme que la prospérité ne grise pas, que le malheur ne décourage jamais, qui cache mes économies dans un tiroir et qui raccommode mes habits quand ils sont décousus. C'est ma mère, mademoiselle; on peut rire de moi, et vous l'avez un peu prouvé; mais je vous demande grâce pour cette bonne vieille dont l'histoire n'est pas faite pour amuser les gens. (Il s'est levé sur les derniers mots.)

VICTORINE, toute confuse, se lève.

Pardonnez-moi, monsieur, si je vous ai fait des questions indiscrètes; mais je ne sais plus, je ne comprends plus, vous avez brouillé toutesmes idées. Heureusement, voici ma tante... qui a je ne sais quelle affaire à débattre avec vous!

SCÈNE VII

LES MÊMES, MADAME MICHAUD *.

MADAME MICHAUD, entrant de droite et tenant une lettre à la main.

Eh bien, ne vous gênez pas, un raout en plein vent! Je viens de recevoir une lettre... (Apercevant Daniel.)

DANIEL.

Bonjour, madame.

MADAME MICHAUD.

Tiens! A qui donc ce monsieur-là?

VICTORINE.

Monsieur Daniel Périn, ma tante.

MADAME MICHAUD.

Bah! mon sculpteur!.. Par où diable êtes-vous entré?

DANIEL, montrant le saut de loup.

Par ici, madame.

MADAME MICHAUD.

Bigre! les chameaux du Tyrol n'en feraient pas autant! Mais, d'abord, qu'est-ce que c'est que ce tas de terre glaise que vous avez fait charrier chez nous?

DANIEL.

Mais, madame, pour votre buste!

* Daniel, Mme Michaud, Victorine, des Tournois, de Marsal.

MADAME MICHAUD.

Nous avons fait prix pour du marbre, parce que c'est plus cossu! Est-ce que vous croyez?...

DANIEL.

Le marbre viendra plus tard, madame.

DE MARSAL.

Oui, madame, messieurs les sculpteurs, sans doute pour faciliter leur besogne, commencent par exécuter un modèle en terre.

DES TOURNOIS.

Qu'ils font ensuite mouler en plâtre.

DE MARSAL.

Et qu'ils exécutent en marbre à la fin.

MADAME MICHAUD.

Mais, mais, mais, c'est bien des histoires!.. Et ça va prendre des années?

DANIEL.

Je vous promets, madame, qu'après huit ou dix séances, je n'aurai plus besoin de vous.

MADAME MICHAUD.

Dix séances, c'est dans mes prix!

DANIEL.

Si vous posez bien!

MADAME MICHAUD, prenant une pose.

Tenez, voilà comme je pose... Ça y est-il?

DANIEL.

Oh! vous pouvez vous déroidir, et si même il y avait un peu de compagnie autour de vous, je n'en étudierais que mieux le jeu de votre physionomie.

VICTORINE.

Je ne vous quitterai pas, ma tante!

DES TOURNOIS.

Ni moi!

DE MARSAL.

Comment donc!.. Ni moi!..

MADAME MICHAUD.

Vous connaissez les particuliers?

VICTORINE.

J'ai présenté ces messieurs!

MADAME MICHAUD.

Allons! tant mieux! C'est les futurs de ma nièce! (A Daniel.) Vous, je vous avertis que si vous ne me flattez pas énormément, je vous laisse votre portrait pour compte! Je ne veux pas que Victorine fasse de moi un épouvantail à moineaux!

DE MARSAL.

Oh! madame, si j'avais appris à sculpter, je me chargerais de vous faire un portrait agréable et ressemblant!

DES TOURNOIS.

Moi aussi!

MADAME MICHAUD.

Ne dites donc pas de bêtises! S'il est ressemblant, il sera affreux!

DES TOURNOIS et DE MARSAL.

Ah! ah! (Ils remontent.)

MADAME MICHAUD, montrant Daniel.

C'est ce gaillard-là qui est bien tourné!

VICTORINE.

Ma tante!

MADAME MICHAUD, à Daniel.

Regardez-moi donc, vous! Vous êtes tout bêtement magnifique! Des yeux superbes! Moi qui me figurais les sculpteurs comme des espèces de maçons! (Daniel remonte et va causer avec de Marsal et des Tournois.) (Bas à Victorine.) Toi, je te défends de faire attention à lui; si tu t'apercevais qu'il est joli garçon, je le mettrais proprement à la porte!

VICTORINE, bas.

Mais, ma tante, c'est lui!

MADAME MICHAUD.

Qui... lui?...

VICTORINE.

Mon valseur!

MADAME MICHAUD.

Quel valseur?...

VICTORINE.

De l'ambassade d'Espagne!

MADAME MICHAUD.

Mon sculpteur, qui est ton valseur! Mais alors, c'est le prince de Villa-Reale!

VICTORINE.

Je ne sais pas ce qu'il est, il m'a dit tant de choses!..

MADAME MICHAUD.

Comment appelles-tu cette pièce du Gymnase dont je te parlais ce matin?

VICTORINE.

Le Jeu de l'amour.

MADAME MICHAUD.

C'est lui, te dis-je; je relirai la pièce; et moi qui lui fais une avanie avec sa terre glaise! (Haut.) Monseigneur!...

VICTORINE, la retenant.

Mais, ma tante, s'il ne veut pas être reconnu!

MADAME MICHAUD.

Tiens! que je suis bête! il aura su que j'ai commandé mon buste à l'autre, et il s'est fourré dans la peau du sculpteur!

VICTORINE.

C'est possible! je ne sais pas!

MADAME MICHAUD, tirant la lettre de sa poche.

Laisse-moi faire! j'ai mon idée! Messieurs *, mettez tous la main à la poche!... Madame la marquise de Chabrouillé, mon honorable amie, sollicite notre concours en faveur de l'Œuvre des périclitantes.

VICTORINE.

Qu'est-ce que c'est que des périclitantes?

MADAME MICHAUD.

Ça ne te regarde pas! L'Œuvre des périclitantes est fondée en faveur des filles dont la vertu court un grand danger; lorsqu'on découvre une jeune personne jolie, spirituelle et de bonne famille, on lui donne cent francs de dot, et on la marie à un ébéniste. Voilà ce que c'est! (A de Marsal.) Pour les périclitantes, s'il vous plaît!

DE MARSAL.

Madame, c'est avec joie... (Il donne la pièce et passe à droite.)

MADAME MICHAUD.

Cent sous, merci!

DES TOURNOIS.

Madame! (Il passe à droite et va causer avec de Marsal.)

MADAME MICHAUD.

Vingt francs! c'est grandiose! (A Daniel.) Et vous, mon sculpteur?

* Daniel, dès Tournois, de Marsal, Mme Michaud, Victorine.

DES TOURNOIS.

Madame, il y a peut-être un peu d'indiscrétion à vouloir qu'un simple artiste...

DANIEL, donnant cent francs.

Monsieur, les artistes ne sont jamais les derniers lorsqu'il s'agit de faire le bien !

(Des Tournois et de Marsal se regardent et vont au fond tout en observant la scène *.)

MADAME MICHAUD.

Jarni Dieu ! cent francs ! Mais il vous faut de la monnaie ?

DANIEL.

Merci, madame !

MADAME MICHAUD, bas à Victorine.

Tu vois ça... Je savais bien qu'il se trahirait. C'est notre prince !

DES TOURNOIS, à de Marsal.

Et on nous donne ça pour un artiste !

DE MARSAL.

Artiste comme moi !

DES TOURNOIS.

Il nous marche sur le pied, ce monsieur !

DE MARSAL.

Sur les pieds ! j'en suis ! mais nous verrons !

MADAME MICHAUD, à de Marsal **.

Ah çà, vous, quelle chambre avez-vous fait préparer pour mon hôte ?...

DE MARSAL.

La chambre verte, madame, suivant le désir que vous aviez exprimé.

MADAME MICHAUD.

La verte ! la verte ! il s'agit bien de la chambre verte pour un homme comme monsieur ; il n'y a pas seulement de tapis dans la chambre verte ; je vous ai dit la chambre cerise !

DE MARSAL.

Il faut que j'aie mal entendu !

MADAME MICHAUD, à Daniel.

Vous aurez la chambre cerise, mon cher monsieur, avec la plus belle vue de tout Paris !...

* Daniel, Mme Michaud, Victorine, des Tournois, de Marsal.

** Daniel, Victorine, Mme Michaud, des Tournois, de Marsal.

TAMERLAN, dans la coulisse.

Patron! patron!... (Il entre en courant.)

SCÈNE VIII

Les Mêmes, TAMERLAN.

MADAME MICHAUD.

Qu'est-ce que c'est que ça? (Daniel fait avancer Tamerlan.)

DANIEL.

Ça, madame, c'est Tamerlan, mon fidèle, mon fanatique!

TAMERLAN.

Rapin, saute-ruisseau, décrotteur d'ébauchoirs, futur auteur des chefs-d'œuvre les plus pharamineux et grand consommateur de pommes de terre frites!

DES TOURNOIS.

Quel drôle de petit bonhomme!

DANIEL.

Vous m'excuserez, madame, d'avoir emmené l'enfant avec moi, mais il me serait difficile de travailler sans lui.

MADAME MICHAUD.

Comment donc! monseig... monsieur, veux-je dire! Je serais bien étonnée qu'un artiste comme vous fît un buste à lui tout seul! (A Tamerlan.) Mon garçon, vous n'avez pas l'habitude de quitter votre maître, on vous fera un lit dans son cabinet de toilette! Victorine, tu donneras des ordres à l'office pour qu'on prenne bien soin de lui.

TAMERLAN.

A l'office!

VICTORINE.

Pardonnez à ma tante, monsieur Tamerlan, elle ne sait pas qu'un élève est déjà un artiste!

TAMERLAN.

Vous m'allez, vous!... Je ferai votre médaillon, quand je saurai. (Il va à Victorine.)

MADAME MICHAUD. (Elle va frapper sur l'épaule de Daniel et l'amène sur le devant de la scène.)

Dites donc! ce n'est pas tout à fait comme dans la pièce du Vaudeville.

* Victorine, Mme Michaud, Daniel, Tamerlan, des Tournois, de Marsal

DANIEL.

Quelle pièce?

MADAME MICHAUD.

Chut! *le Jeu de l'amour!...* Vous auriez dû le déguiser en grand seigneur, lui!...

DANIEL.

Pourquoi, en grand seigneur?

MADAME MICHAUD.

Vous comprenez bien... Bourguignon!

DANIEL.

En effet, je suis Bourguignon.

MADAME MICHAUD, lui serrant la main.

A la bonne heure! Soyez franc avec moi, je ne vous trahirai pas; mais méfiez-vous de ces messieurs!

DANIEL.

Pourquoi? Je n'ai peur de personne!

MADAME MICHAUD.

C'est bon! c'est bon! Venez voir votre chambre! Victorine, prends le bras de monsieur! Vous autres, promenez-vous jusqu'à l'heure de la soupe. Liberté, Libertas, comme disait Michaud. Quant à vous, le bataillon de la Moselle, en avant, marche!

TAMERLAN, suivant derrière.

Rataplan! ta plan, ta plan! plan, plan!...

SCÈNE IX

DE MARSAL, DES TOURNOIS, TAMERLAN.

DES TOURNOIS, l'arrêtant.

Venez ici, petit bonhomme, on a deux mots à vous dire! (Il le fait passer au milieu.*)

TAMERLAN.

Mon tube est à votre disposition, grand bonhomme!

DES TOURNOIS.

Fumez-vous?

TAMERLAN.

Quand je veux!

* De Marsal, Tamerlan, des Tournois.

DES TOURNOIS.

Faites-moi donc l'amitié d'accepter ce cigare...

TAMERLAN.

Mazette! c'est ce que nous appelons un *nec plus ultra*. Je le fumerai après boire!

DES TOURNOIS.

Et maintenant, répondez à mes interrogations.

TAMERLAN.

Monsieur est magistrat?

DES TOURNOIS.

Non... Mais... certains renseignements à vous demander sur votre maître...

TAMERLAN.

Si vous croyez que je vends le patron pour un cigare!

DE MARSAL.

Ne vous fâchez pas, mon jeune ami. (Lui montrant un louis.) Que pensez-vous de cette physionomie?

TAMERLAN, tendant la main.

Vive l'empereur!

DE MARSAL.

Nous ne sommes pas loin de nous entendre!

TAMERLAN, prenant l'argent.

C'est pour de bon?

DES TOURNOIS, montrant un louis.

Vous en verrez bien d'autres, si vous nous dites la vérité!

TAMERLAN.

Sapristi!... mais à ce prix-là je vous dirai tout ce que vous voudrez.

DES TOURNOIS.

Votre maître... est-il bien véritablement sculpteur?

TAMERLAN.

S'il l'est, monsieur, s'il l'est! Mais c'est le premier, c'est le plus grand! c'est le plus... (Voyant des Tournois retirer le louis.) Après ça, nous avons plus fort que lui!

DES TOURNOIS, remontrant le louis.

Êtes-vous bien sûr qu'il ait jamais fait de la sculpture?

TAMERLAN.

Si j'en suis sûr!... (Des Tournois retire le louis.) Non, je n'en suis pas bien sûr!

DES TOURNOIS.

Ah

TAMERLAN.

Entre nous, je ne sais même pas s'il a jamais tenu un ébauchoir.

DES TOURNOIS.

Bien !...

TAMERLAN, tendant la main.

C'est un faux sculpteur, voilà ce que c'est!

DES TOURNOIS, lui donnant le louis.

J'en étais sûr!

DE MARSAL, le tirant à lui.

Alors, vous, mon petit ami, vous n'êtes pas son élève?

TAMERLAN.

Comment! je ne suis pas son élève! Vous voulez que je renie mon maître?

DE MARSAL, montrant un louis.

Il est votre maître parce que vous êtes son groom?

TAMERLAN, indigné.

Un groom! Nom d'un tonneau! Groom! (De Marsal retire son louis.) Après ça, si vous y tenez beaucoup, je le suis légèrement. On ne peut rien leur cacher.

DE MARSAL, lui donnant le louis.

Avec de la franchise, on obtient de nous tout ce qu'on veut.

TAMERLAN.

Et moi aussi, avec de l'argent!

DES TOURNOIS, montrant le louis.

En voici!

DE MARSAL, de même.

En voilà!

TAMERLAN, troublé.

Mais, mais, mais... Que diable voulez-vous que je vous dise? Commandez, on va vous servir!

DES TOURNOIS.

Dis-nous que ton maître vient ici pour faire la cour à mademoiselle Victorine!

TAMERLAN.

Ah! bah!

DE MARSAL.

Nous le savons.

TAMERLAN.

Si vous le savez, je serais une grande canaille de ne pas en convenir avec vous! Oui, messieurs! c'est pour ça que nous sommes venus, et je vous promets de faire feu des quatre pieds pour que ça réussisse! (L'argent rentre dans les poches.) Je veux dire, pour que ça rate!

DE MARSAL, montrant son louis.

Bien... Tu n'ignores pas qu'il est notre rival?

TAMERLAN.

Ah! bah!...

DES TOURNOIS.

Tu ne t'en étais pas aperçu?

TAMERLAN.

Au contraire! Je passais ma vie à me dire : Comment monsieur fera-t-il pour damer le pion à ces deux gaillards-là?

DE MARSAL.

Encore un mot, et cet or est à toi! Ton maître est-il riche?

TAMERLAN.

Peuh!... Comment voulez-vous qu'il soit riche?

DES TOURNOIS.

Enormément, immensément!

TAMERLAN.

Eh bien, oui, messieurs, c'est le mot, il l'est!

DE MARSAL.

Il est noble aussi?

TAMERLAN.

Noble!... noble!... Il y en a peut-être bien de plus nobles que lui; cependant je crois qu'il est...

DE MARSAL.

Duc?

TAMERLAN.

Est-il duc?

DES TOURNOIS.

Non, prince!

TAMERLAN.

Prince! ah! c'est ça!... il l'a dit! Nous sommes prince! (On entend dans la coulisse le cri des artistes : Prrrrrr!...) Méfiez-vous, le prince m'appelle!... (Répondant.) Prrrrrr!

DE MARSAL, s'en allant.

A bientôt!

TAMERLAN.

(A part.) Ils s'en vont! (Haut.) Alors, je vas lui raconter ce que nous avons dit.

DES TOURNOIS.

Malheureux!

TAMERLAN.

Puisque vous ne me donnez pas les quarante francs que vous m'avez promis!

DES TOURNOIS.

C'est juste... Tiens!...

DE MARSAL.

Prends, et tais-toi.

TAMERLAN, à part.

Enlevé! (Il remonte.)

DE MARSAL, à des Tournois.

Ce gamin est à nous, nous l'avons payé!...

DES TOURNOIS.

Quant à son maître... Une, deux, nous le tuerons!...

(Ils sortent. Tamerlan leur fait un pied de nez.)

SCÈNE X

TAMERLAN, DANIEL *.

DANIEL, entrant de la droite, aperçoit Tamerlan; il vient lui taper sur la tête.)

Te voilà, toi!... Qu'est-ce que tu faisais ici?

TAMERLAN.

Des économies.

DANIEL.

Il s'agit de prendre le pas gymnastique et de porter tout ça au premier mont-de-piété que tu trouveras sur ton chemin.

TAMERLAN.

La montre au patron!

DANIEL.

Parbleu! j'avais pris cent francs pour nos folles dépenses de la quinzaine... et madame Michaud me dévalise au saut du loup!

* Tamerlan, Daniel.

TAMERLAN.

Ah çà, je croyais que nous étions venus ici pour...?

DANIEL.

Pour gagner de l'argent, oui, mon bonhomme; mais ce n'est pas par là que nous avons commencé. Quel drôle de château, mon Dieu! quel drôle de château! La tante est folle; la petite n'est pas mal, mais je ne comprends pas un mot de ce qu'elle me dit; je crois qu'elle parle en chiffres. Madame Michaud m'appelle Bourguignon ou monseigneur. La nièce a l'air de se moquer de moi... Elle a deux grands imbéciles qui me font des yeux à tout casser! Quel drôle de château!

TAMERLAN.

C'est égal, patron, il y a du linge et de l'argenterie, la maison est farineuse, et j'ai dans l'idée que nous nous remplumerons par ici.

DANIEL.

Eh! sans ça, je ne serais pas resté dix minutes. Tu sais où nous en sommes. Pas le sou à la maison! 400 francs à payer pour le terme du 15, un billet de 800 francs à rembourser...

TAMERLAN.

Huit et quatre, douze.

DANIEL.

Si j'arrive à finir le plâtre de madame Michaud, je pourrai lui demander 1,500 francs d'avance; j'ai un marbre à la maison qui ne m'a rien coûté... il n'y aura plus que le praticien. Cré nom de nom de nom! Je ne voudrais pas que la pauvre vieille qui est là-bas fît connaissance avec les huissiers.

TAMERLAN.

Ah! oui, patron, c'est du vilain monde!

DANIEL.

En attendant, nous ne pouvons pas rester sans le sou dans le château des Hurluberlus. Va vite accrocher ma montre à ce vénérable clou.

TAMERLAN.

Gardez-la, patron... J'ai justement des capitaux à placer. Voici!

DANIEL, prenant l'argent.

Malheureux! Tu as cent francs! Tu veux donc aller en cour d'assises?

TAMERLAN.

Par exemple ! On me les a donnés, patron !

DANIEL.

Qui ?

TAMERLAN.

Vos rivaux !

DANIEL.

J'ai des rivaux ?

TAMERLAN.

Deux rivaux !

DANIEL.

Depuis quand ?

TAMERLAN.

Depuis que vous êtes prince.

DANIEL.

Moi ?

TAMERLAN.

Et que vous épousez la nièce de madame Michaud.

DANIEL.

Ah çà, toi aussi, tu perds la tête !

TAMERLAN.

Non, c'est tous les autres qui ont des hannetons dans la voûte !

DANIEL.

Quel drôle de château !

TAMERLAN.

C'est que le vent souffle de Bicêtre !

DANIEL.

Après tout, pourvu qu'ils me laissent faire mon buste et gagner mon argent !

TAMERLAN.

C'est ce que je me dis.

DANIEL, *prenant un cigare.*

As-tu les allumettes ?

TAMERLAN, lui arrachant le cigare.

Fi donc! un prince comme vous ne doit pas fumer d'infectados! Voici un *nec plus ultra*, monseigneur! (Il lui donne un cigare, qu'il lui présente sur son chapeau.)

DANIEL, le prenant.

Où l'as-tu trouvé?

TAMERLAN.

Vos rivaux! Toujours vos rivaux!

DANIEL.

Enfin, allons faire un tour à l'atelier.

TAMERLAN.

Attendez donc, grand égoïste, que j'allume ma pipe.

FIN DU PREMIER ACTE.

ACTE DEUXIÈME

L'intérieur d'un pavillon donnant sur un parc. — Trois portes-fenêtres avec stores baissés. — Un buste ébauché sur une selle. — Orgue à droite, panoplie fleurets, masques, gants, etc.

SCÈNE PREMIÈRE

TAMERLAN, VICTORINE*.

TAMERLAN, couché sur un divan, fumant un long chibouck.

Air de la complainte de Fualdès.

Sur les rivages humides
Et peuplés de crocodils,
Les Juifs gémissaient et ils
Bâtissaient des pyramides,
Sans autres consolations
Que de manger des oignons.

(Victorine entre du fond et regarde à droite et à gauche sans apercevoir Tamerlan. Ce n'est que lorsque ce dernier commence le second couplet que Victorine le voit. — Tamerlan apercevant Victorine.)

Bon ! la jeune personne !

VICTORINE, s'approchant du mur, et lisant.

15 juillet !... Et ici !... 15 juillet !... Nous sommes au 12. Que veut-il donc faire à la date du 15 juillet ?

TAMERLAN, chantant.

Sachez que les crocodiles
Sont de féroces lazards
Plus grands que le pont des Arts,
Qui mangeaient les Juifs par mille,
Les oignons dans leurs malheurs
Leur tiraient encor des pleurs.

(Il se lève. Passant derrière Victorine.) Coucou !

VICTORINE.

Vous me voyiez donc, monsieur Tamerlan? C'est une trahison !

TAMERLAN.

Si vous n'êtes jamais trahie que par moi !

* Victorine, Tamerlan.

VICTORINE.

Votre maître n'est donc pas à l'atelier?

TAMERLAN.

Mademoiselle cherche le patron?

VICTORINE.

Oh! non, mais je croyais le trouver ici.

TAMERLAN.

Sorti dès l'aube pour affaires urgentes. Cet homme embrasse sa maman... Car, entre nous, c'est un grand baby que le patron. Mais, soyez tranquille, il reviendra pour l'heure de la séance.

VICTORINE.

Vous n'avez donc pas de maman à embrasser, monsieur Tamerlan?

TAMERLAN.

Mes moyens ne me l'ont jamais permis, mademoiselle. Il y a des parents trop discrets, voyez-vous : les miens sont du nombre; c'est pourquoi je me suis tenu lieu de mère, et je me suis mis en nourrice chez le patron.

VICTORINE.

Pauvre enfant!

TAMERLAN.

Ah çà! dites donc, est-ce que vous êtes venue ici pour me plaindre? Vous prendriez mal votre temps : j'engraisse chez vous, la maison est bonne, les femmes de chambre... Mais non... ne les compromettons pas! Et vous, mademoiselle, comment vont vos petites affaires?

VICTORINE.

Mais...

TAMERLAN.

Ce petit cœur est-il content?

VICTORINE.

Voulez-vous bien vous taire, enfant terrible!

TAMERLAN.

C'est bon, je serai muet comme une trompe?

VICTORINE, *passant à droite* *.

On pourrait causer avec vous, si vous vouliez parler raisonnablement.

TAMERLAN.

Voilà! voilà! Raison fils et compagnie.

* Tamerlan, Victorine.

VICTORINE.

Je ne veux pas vous demander les secrets de votre maître...

TAMERLAN.

Connu! Tout le monde en dit autant. C'est l'ordinaire de la maison.

VICTORINE.

Mais enfin, je suis femme!...

TAMERLAN.

Soyez-le, mademoiselle. Être femme, c'est le plus bel ornement de votre sexe.

VICTORINE.

Entre nous, cette date du 15 juillet, que je vois répétée à la craie sur tous les murs, et de la propre main de votre maître, m'intrigue singulièrement.

TAMERLAN.

Pas tant que nous. Cette date-là, mademoiselle, c'est une fière intrigante, allez! Ça veut dire que le 15 juillet nous avons 1,200 francs à mettre en ligne devant les philistins!

VICTORINE.

Quelle mauvaise plaisanterie!

TAMERLAN.

C'est nous qui la trouvons mauvaise!

VICTORINE.

Vous voulez me faire croire que c'est une somme de 1,200 francs qui préoccupe à ce point un homme comme lui?

TAMERLAN.

Les hommes comme lui mériteraient d'être roulés dans les perles comme les goujons dans la farine, mais nous avons des années où la perle ne donne pas. Tenez, mademoiselle, ce n'est pas le patron qui m'a dit de vous le dire, et j'aurais peut-être des taloches s'il savait que je vous ai parlé, mais vous devriez bien conseiller à madame Michaud de nous avancer moitié sur notre buste.

VICTORINE.

Quel enfantillage! Est-ce que l'argent est quelque chose en ce monde?

TAMERLAN.

Ce n'est rien pour ceux qui en ont, mais c'est tout pour ceux qui n'en ont pas.

VICTORINE.

Parlons sérieusement. Quand vous êtes seul avec lui, que vous dit-il de moi?

TAMERLAN.

Rien, mademoiselle. Je vous dirai qu'entre nous nous sommes très-réservés sur l'article femme.

VICTORINE.

Est-il gai? Est-il triste?

TAMERLAN.

Ni l'un ni l'autre. Ah! par exemple, il est quelquefois agacé.

VICTORINE.

Et qu'est-ce qui l'agace?

TAMERLAN.

Dame! vos prétendus!

VICTORINE.

Enfin!... Il est donc jaloux?

TAMERLAN.

Oh non! mais il n'aime pas qu'on le dérange.

VICTORINE.

Dans ses affections?

TAMERLAN.

Dans son travail.

VICTORINE.

Vous êtes absurde!

TAMERLAN.

Alors, je m'en vais.

VICTORINE.

Où donc?

TAMERLAN *va prendre le seau.*

Chercher de l'eau pour arroser ma terre. Mais vous ne trouverez pas le temps long: je vous annonce vos deux jolis prétendus.

SCÈNE II

VICTORINE, DE MARSAL, DES TOURNOIS *.

DE MARSAL, *à des Tournois.*

La!... Quand je vous le disais!

VICTORINE.

Messieurs, quel bon vent vous amène?

* Des Tournois, de Marsal, Victorine.

DES TOURNOIS.

Mademoiselle, nous vous cherchions.

DE MARSAL.

Pour vous dire avec respect que la situation qu'on nous a faite n'est pas de celles qu'on peut endurer longtemps.

VICTORINE.

Eh ! bon Dieu ! de qui avez-vous tant à vous plaindre ? Est-ce de moi, par hasard ?

DE MARSAL.

A Dieu ne plaise que nous élevions le moindre doute sur la loyauté de votre conduite!

VICTORINE.

J'y compte bien.

DE MARSAL.

Mais...

DES TOURNOIS.

Nos informations particulières...

DE MARSAL.

Et ce flair qui distingue assez généralement les hommes de notre caste, nous ont appris qu'un étranger...

DES TOURNOIS.

Un intrus...

DE MARSAL.

S'appliquait à nous faire jouer dans ce château un rôle comique.

DES TOURNOIS.

Tranchons le mot, ridicule !

VICTORINE.

Vraiment, messieurs, vous m'étonnez. Qui donc a pu vous dire?...

DES TOURNOIS.

Le valet de ce soi-disant artiste, ou, pour parler plus clairement, de ce prince déguisé.

VICTORINE, passant au milieu *.

Prince, avez-vous dit? Le prince de Villa-Reale?

DE MARSAL.

Villa-Reale ? Vous le saviez donc aussi?

VICTORINE.

Je m'en doutais.

* Des Tournois, Victorine, de Marsal.

DES TOURNOIS.

Villa-Reale. Ce n'est pas là, vous en conviendrez, ce que madame Michaud nous avait promis.

VICTORINE.

Ni à moi non plus, et je vous jure...

DE MARSAL.

Nous vous croyons, mademoiselle !

DES TOURNOIS.

Il n'en est pas moins vrai que ce gentillâtre se moque de nous.

VICTORINE.

De moi aussi, messieurs, puisque c'est tourner les gens en ridicule que de leur cacher son propre nom ! Vous voyez que si M. Daniel Périn est un rival pour vous, je ne suis en rien sa complice. Depuis douze jours qu'il est ici, il ne m'a rien témoigné de ses intentions. Songe-t-il à m'épouser? Vous n'en savez rien, ni moi non plus.

DES TOURNOIS, tombant à genoux.

Serait-il vrai que vous n'avez pour lui aucune préférence ?

DE MARSAL, tombant de l'autre côté.

Est-il possible que l'ingrat ne se soit pas même prononcé ?

VICTORINE.

Non, messieurs, et je n'ai pas eu le mérite de résister à ses prières ! Mais ce n'est pas une raison pour que vous fassiez un tel encombrement à mes pieds.

DES TOURNOIS, se relevant.

Maintenant je suis fort, fort de votre sympathie, ou tout au moins de votre indifférence... J'irai à lui !...

DE MARSAL, se levant.

Oui ! nous irons à lui... et nous lui dirons...

DES TOURNOIS.

Nous lui dirons... Qu'est-ce que nous lui dirons ?

DE MARSAL.

Nous lui dirons : Aimez-vous mademoiselle Victorine Michaud ? Aspirez-vous au bonheur d'obtenir sa main ?

DES TOURNOIS.

Quand nous l'avons demandée, nous, loyalement, et le front haut, comme il convient à des gentilshommes !

DE MARSAL.

Si toutefois, mademoiselle, cette démarche vous semble indiscrète...

VICTORINE.

Mais non, pas du tout, bien au contraire. Allez à lui, interrogez-le, qu'il se prononce, vous me ferez plaisir, et je vous serai grandement obligée. De toutes les preuves d'amour que vous pouvez me donner, c'est celle-là qui me touchera le plus !

DES TOURNOIS.

Merci, mademoiselle ! vous êtes pour nous !

VICTORINE.

Je suis, messieurs, pour celui qui m'aime.

DES TOURNOIS et DE MARSAL.

C'est moi !

VICTORINE.

C'est peut-être lui ! Cherchez, questionnez ! et surtout ne perdez pas de temps. Voici bientôt l'heure de la séance, il va venir, je vous laisse; attendez-le ! arrachez-lui la vérité !

DES TOURNOIS.

Quand je devrais lui mettre pied sur gorge !

VICTORINE.

Preux chevaliers ! notre bonheur à tous est dans vos mains. Que Dieu vous aide !

(Elle salue et sort.)

SCÈNE III

DE MARSAL, DES TOURNOIS*.

DES TOURNOIS.

Quelle femme ! quel cœur ! Marsal à la rescousse !

DE MARSAL, lui prenant le bras.

Je suis électrisé. Quel est votre plan de campagne ?

DES TOURNOIS.

Mon plan ! Est-ce que François Ier avait fait un plan à Pavie ?

DE MARSAL.

C'est peut-être pour cette raison qu'il perdit la bataille !

DES TOURNOIS.

Je ne suivrai d'autre inspiration que celle de mon courage. J'irai au prince et je lui dirai : Aimez-vous mademoiselle Michaud ? Prétendez-vous à sa main ?... Si, oui, vous ne l'aurez

* Des Tournois, de Marsal.

qu'avec ma vie; si, non, je vous pardonne et n'y revenez plus !

DE MARSAL.

Mauvaise méthode avec un homme de cœur. Vous le mettez dans la nécessité de vous dire : Je l'adore!

DES TOURNOIS.

C'est pourtant vrai ! Mais alors que ferons-nous ?

DE MARSAL.

Cher ami, aux grands maux les grands remèdes. Si je tirais l'épée comme vous, je chercherais une querelle d'Allemand à notre homme... et v'lan!... par terre !... La beauté ne refuse rien au vainqueur...

DES TOURNOIS.

Turlututu ! Quand le vainqueur reviendrait de la cour d'assises, acquitté par le jury, mais un peu chiffonné par le réquisitoire de l'avocat général, il trouverait peut-être mademoiselle Michaud mariée au vicomte de Marsal, et parfaitement heureuse en ménage.

DE MARSAL.

Je ne désire rien de plus.

DES TOURNOIS.

Mais, moi, j'aimerais mieux autre chose. D'autre part, le duel est une loterie où le plus adroit peut tirer un mauvais numéro. Je sais bien que je suis le plus fort de Toulouse... Mais si j'étais tué, par hasard !

DE MARSAL.

Laissez faire! Jamais mademoiselle Michaud n'épouserait votre meurtrier. Elle a l'âme trop grande.

DES TOURNOIS.

Très-bien ! très-bien ! et vous retomberiez sur vos pieds. Décidément, j'aime mieux autre chose!

DE MARSAL.

Eh, mon Dieu ! je suis conciliant ! Allongez-lui un simple coup d'épée qui le mette hors de concours sans l'envoyer dans l'autre monde. Vous vous posez en héros!

DES TOURNOIS.

Et je le pose en victime; merci ! Mais, à mon tour, j'ai une idée.

DE MARSAL.

Voyons !

(Timerlan avec le seau plein d'eau qu'il dépose près de la selle.)

DES TOURNOIS.

Vous me verrez à l'œuvre... Il y a des fleurets ici ?

DE MARSAL.

Mieux que cela... des épées de combat... mais elles sont mouchetées.

DES TOURNOIS.

C'est ce qu'il me faut !

(Ils remontent à la panoplie à droite.

SCÈNE IV

LES MÊMES, DANIEL, TAMERLAN *.

TAMERLAN.

Son Excellence monsieur le patron.

DANIEL.

Bonjour, Tamerlan de mon cœur ! trésor de tous les vices, ange du macadam ; maman Périn t'embrasse, et voici ce qu'elle m'a donné pour toi.

TAMERLAN.

Voyons voir que je voie. (Il déplie un journal et retire une paire de bas bleus.) Merci, patron ! C'est beau, c'est grand ! c'est idéal !... Nous mettrons des pièces de cent sous là dedans quand nous en aurons, et nous deviendrons millionnaire.

DANIEL, retirant son paletot, donne son gilet à Tamerlan, puis il remet son paletot.

Il n'y a rien de nouveau ?

TAMERLAN va accrocher le gilet à droite et la paire de bas qu'il pose sur le petit meuble.

Il y a de nouveau, patron, que le buste ne s'est pas fait tout seul. Et elle va toujours bien, maman Périn ?

DANIEL.

Oui, bel homme, elle va bien ! elle m'a remonté le moral. C'est qu'elle ne badine pas avec la paresse ! Douze jours perdus, m'a-t-elle dit, tu nous mettras à l'hôpital ! Non, maman, n'ayez pas peur. Après tout ce n'est qu'un miracle à faire : on le fera.

TAMERLAN.

Vive le patron !

(Daniel tire de sa poche une blague à tabac et demande à Tamerlan, qui lui en donne, du papier à cigarettes.)

* Tamerlan, Daniel, de Marsal, des Tournois.

DE MARSAL, à des Tournois.

C'est pour nous qu'il joue la comédie. Ce monsieur nous raille agréablement.

DES TOURNOIS.

Rira bien qui rira le dernier. (Il sonne*.)

DANIEL.

Qu'est-ce que c'est que ça ? (Les apercevant.) Messieurs! il paraît décidément que vous avez pris la sculpture en grand amour, puisque vous devancez la séance.

DES TOURNOIS.

Nous profitons de la permission que vous nous avez donnée, monsieur le sculpteur.

DE MARSAL.

Si toutefois vous nous trouviez indiscrets, monsieur l'artiste...

DANIEL.

Non, messieurs, vous n'êtes pas indiscrets! Si mon buste n'est pas encore achevé... ce n'est pas votre faute, c'est la mienne. Peut-être bien, madame Michaud se tiendrait-elle plus tranquille si elle était en tête-à-tête avec moi... mais peut-être aussi s'endormirait-elle, et nous ne serions pas plus avancés. Tiens, elle n'est pas à l'heure aujourd'hui, madame Michaud!

DES TOURNOIS, montrant la panoplie.

Nous avons ici de quoi tuer le temps ! (Il va décrocher une épée mouchetée.)

TAMERLAN, prenant un bilboquet.

En effet !

DE MARSAL, allant à Daniel**.

Vous ne tirez pas l'épée ?

DANIEL, s'asseyant à cheval sur une chaise.

Si, j'ai ferraillé par-ci par-là !

DE MARSAL.

M. des Tournois est de première force.

DANIEL.

Mes compliments!

DE MARSAL.

Il est classé parmi les fines lames de Paris.

* Tamerlan, Daniel, des Tournois, de Marsal.

** Daniel, Tamerlan au fond, de Marsal, des Tournois.

DANIEL.

C'est un joli talent.

TAMERLAN.

Dites donc, patron, il ne faut pas tant de modestie à la clef; vous tirez comme Saint-Georges, vous !

DES TOURNOIS.

Serait-il vrai ?

DANIEL.

Tamerlan ne s'y connaît pas.

DES TOURNOIS.

Voilà des joujoux comme je les aime ! Le fleuret rend la main paresseuse. Et puis, quand on est touché avec ça, morbleu !... on sent le coup de bouton... Voulez-vous en tâter, monsieur le sculpteur ?

(Il donne deux coups dans le dossier de la chaise de Daniel.

DANIEL, impatienté, prenant l'épée.

Merci ! (Faisant plier l'épée contre terre.) C'est roide en diable !... il n'en faut pas plus pour vous défoncer les côtes.

DES TOURNOIS.

Oh ! je vous ménagerais !

DANIEL.

Je n'ai pas besoin qu'on me ménage.

DE MARSAL.

Il ne s'agit que d'une petite leçon...

DANIEL.

Que diable, monsieur, je ne suis pas à l'école !... (Il se lève.)

DES TOURNOIS, qui a pris une autre épée.

Rien qu'une petite botte ! Essayez seulement de parer ce coup-là !... (Ils se battent.)

DANIEL.

Touche !

DES TOURNOIS.

Et celui-ci?

DANIEL.

Touche ! touche ! (S'arrêtant.) Morbleu, monsieur, vous n'y allez pas de main morte, et je vous remercie de la démonstration.

DES TOURNOIS va poser l'épée sur le canapé et redescend près de Daniel.

Monsieur le sculpteur, si un homme se mettait en travers dans mon chemin, je viendrais à lui comme je viens à vous, et avant d'appesantir ma puissante main sur son épaule, je lui dirais : Il faut vous ranger ou en découdre : choisissez !

DANIEL.

Vous auriez raison.

DES TOURNOIS.

Et si j'aimais une jeune fille, comme par exemple mademoiselle Victorine Michaud... croyez-vous qu'il serait prudent de venir sur mes brisées ?

DANIEL.

Pas trop, monsieur, pas trop !

DES TOURNOIS.

Votre réflexion est celle d'un sage, et je vous serai obligé d'en faire part à certain prince de votre connaissance. (Il descend à droite.)

DANIEL.

Moi, je ne connais pas de prince ! Mais si vous voulez bien me permettre une observation, vous tirez un peu trop vite et vous vous découvrez trop dans l'attaque.

DES TOURNOIS.

Vraiment ! La réflexion est plaisante chez un homme qui ne m'a pas seulement touché !

DANIEL.

Il est vrai, je me suis laissé boutonner par complaisance, parce que je ne voulais pas me fatiguer la main ; mais maintenant que je connais votre jeu, nous pourrions tirer ensemble toute la vie, vous ne me toucheriez plus.

DE MARSAL, ricanant.

Il me semble cependant que vous n'êtes pas de force.

DANIEL.

Ah ! je ne suis pas de force ! Assurez-vous donc si ces dames ne viennent pas. (De Marsal et des Tournois remontent au fond. Daniel va vivement à Tamerlan.) Tamerlan, passe-moi la craie ! (Tamerlan en tire un morceau de sa poche et le lui donne. Daniel blanchit le bout de l'épée et l'appuyant sur le canapé.) Si je le touche il me semble qu'on le verra ! (Daniel prend l'épée de des Tournois, tire de sa poche un couteau, et après l'avoir démouchetée pose son doigt sur la pointe.) Et s'il me touche, je le sentirai ! (Il la place sur le canapé).

TAMERLAN.

Patron, qu'est-ce que vous faites, vous la démouchetez ! Je ne veux pas qu'on vous tue !

DANIEL, avec autorité.

Allons, tais-toi !

TOURNOIS, redescendant en scène avec de Marsal.

Personne encore!

DANIEL.

Monsieur, quand vous voudrez. Ah! je ne suis pas de force!
(Des Tournois prend l'épée démouchetée sans s'en apercevoir. L'assaut reprend.)

DANIEL.

Une!

DES TOURNOIS.

Coup douteux!

DANIEL.

Ah! coup douteux! Deux!

DES TOURNOIS.

Au bras... Ça ne compte pas...

DANIEL.

Ça ne compte pas! Trois!

DES TOURNOIS.

Mal touché... Je ne sais pas ce que j'ai ce matin, je ne suis pas en train. (Il se fend.)

TAMERLAN, se jetant sur Daniel et poussant un cri.

Ah!

DANIEL.

Tais-toi donc, moucheron, il n'y a rien de fait!

DES TOURNOIS.

Pardon, monsieur, n'ai-je pas touché?

DANIEL.

Je ne pense pas, monsieur.

DES TOURNOIS.

Je croyais être certain, monsieur...

DANIEL.

Vous vous êtes trompé, monsieur... (Il montre à des Tournois les traces de la craie.)

DES TOURNOIS, surpris.

Qu'ès-à-co!

DE MARSAL, haut.

Eh! eh! vous avez un gilet!

DES TOURNOIS.

Quant au dernier, monsieur, j'aurais parié que je vous avais touché en pleine poitrine.

DE MARSAL.

Et moi, je me serais mis de moitié dans le pari.

DANIEL, passant entre eux.

Si vous êtes bien sûr, monsieur...

DES TOURNOIS.

Parfaitement sûr, monsieur...

DANIEL.

Alors, comment se fait-il que je sois encore vivant, messieurs?

DES TOURNOIS.

Je ne comprends pas, monsieur.

DANIEL.

Veuillez regarder la pointe de votre épée.

DE MARSAL.

Démouchetée !

DES TOURNOIS, tremblant et jetant son épée à terre.

Nous ne tirerons plus ensemble, monsieur, vous avez fait là une terrible plaisanterie, vous m'avez exposé à vous tuer.

DANIEL.

Non, monsieur, j'étais sûr que vous ne me toucheriez pas.

TAMERLAN, qui est remonté au fond.

A vous, mademoiselle Victorine !

DANIEL.

Pas un mot ! je vous en prie !

DE MARSAL.

Il n'y a pas de danger.

TAMERLAN.

Patron ! vous êtes rouge comme un coq. Qu'est-ce qu'on va dire?

DANIEL.

N'aie pas peur ! Je vais me fourrer dans l'orgue.

(Il va à l'orgue et joue. Tamerlan va près de Daniel et s'assied sur un petit tabouret. De Marsal, d'un air ironique, passe son mouchoir sur l'habit de des Tournois. Ce dernier se récrie.)

SCÈNE V

LES MÊMES, VICTORINE, puis MADAME MICHAUD.

(Victorine entre du fond et aperçoit Daniel. — De Marsal et des Tournois font un mouvement pour aller à elle. — Victorine du geste les arrête.)

VICTORINE, applaudissant.

Bravo ! bravo ! (En descendant en scène elle heurte l'épée.) Une épée !... que signifie?...

DE MARSAL, relevant l'épée.

Mademoiselle, je ne sais comment ce petit meuble est resté sur le parquet.

VICTORINE.

Une querelle, n'est-ce pas...? A propos de moi!

DES TOURNOIS.

Non, mademoiselle... un simple assaut pour tuer le temps.

VICTORINE.

Je ne vous crois pas!... Monsieur de Marsal, je m'étais toujours douté que vous étiez un spadassin!

DE MARSAL.

Moi... mon Dieu... C'est M. des Tournois qui jouait avec M. de Villa-Reale!

DES TOURNOIS.

Les épées étaient mouchetées!

DE MARSAL, se piquant à la pointe de l'épée et poussant un cri.

Aïe!

VICTORINE.

Qu'avez-vous?

DE MARSAL.

Je n'ai rien... Je me suis piqué...

VICTORINE.

Ah! c'était un assaut!

(Elle passe devant des Tournois et va à Daniel, qui n'a pas cessé de jouer. — Pendant ce temps de Marsal a été poser l'épée à la panoplie. — Des Tournois remonte et cause avec lui.)

VICTORINE, à Daniel.

Monsieur...

DANIEL, jouant toujours.

Mademoiselle...

VICTORINE.

Je vous défends d'exposer vos jours pour moi.

DANIEL, de même.

Exposer mes jours pour vous!

VICTORINE.

Pas un mot à personne, tout cela doit rester entre nous.

DANIEL.

Mais, mademoiselle...

VICTORINE.

Silence! voici ma tante; achevez son buste, si vous pouvez.

(Daniel cesse à l'entrée de madame Michaud.)

MADAME MICHAUD, entrant.

Ah çà... qu'est-ce qui tapote ici sur mon orgue?...

DANIEL.

C'est moi, madame, pardonnez-moi de l'avoir martyrisé!

MADAME MICHAUD.

Pristi! vous avez de l'éducation, vous! Vous savez donc tous les états, excepté celui de sculpteur?

DANIEL.

Le fait est que jusqu'à présent vous n'avez pas eu lieu de me prendre au sérieux! Mais patience!... Je vous ai étudiée!... Je vous sais par cœur, et quelque chose me dit que votre buste sera bien avancé ce matin, pourvu...

MADAME MICHAUD, le regardant en riant.

Pourvu...? Allez donc!

DANIEL.

Pourvu que vous ayez la bonté de poser un peu.

(Tamerlan avance l'estrade et le place au milieu du théâtre. — Le domestique est entré et Daniel lui fait signe de l'aider. — Ils descendent en scène la selle sur laquelle se trouve le buste.)

MADAME MICHAUD.

Pardi! nous allons bien voir. C'est une farce que je vais vous faire! J'ai toujours remué comme une anguille dans l'idée que ça vous obligeait!... mais puisque vous me défiez... Voilà! (Elle monte sur l'estrade, s'assied et reste immobile.)

DANIEL.

Bien! Il y a un peu de roideur! Mais j'aime mieux ça que vos cabrioles; avant une heure, vous verrez du nouveau.

MADAME MICHAUD.

Votre parole d'honneur? (Daniel retire les linges qui enveloppent le buste.)

DES TOURNOIS.

Ce ne sera jamais un buste, c'est une borne.

TAMERLAN.

Borne vous-même, entends-tu! Quand le patron dit quelque chose, il le fait.

DANIEL. (Il commence à travailler.)

Pardonnez à Tamerlan, il a toujours été rebelle à la critique.

MADAME MICHAUD.

Il n'y a plus à s'excuser maintenant... Il faut sculpter, mon bonhomme, ou confesser qu'on n'est pas sculpteur.

DANIEL.

On fera pour le mieux. La tête à gauche, s'il vous plaît.

DE MARSAL.

La pose est charmante!

MADAME MICHAUD.

Silence!... la galerie! Je ne dis plus rien, je ne connais plus personne. Je pose... Victorine, ôte-toi de là! Il prétendrait que tu lui donnes des distractions.

(Des Tournois, qui s'était assis sur le canapé, se lève et invite Victorine à y prendre place. — Des Tournois avance une chaise et s'assied près d'elle*.)

MADAME MICHAUD, se tournant, à Daniel.

Ah çà, dites donc, vous, quand je sentirai venir le torticolis je vous ferai signe.

DANIEL.

Madame, vous n'aurez plus longtemps à poser, votre buste sera fini aujourd'hui, je le ferai mouler ce soir, et demain matin je l'achèverai sur le plâtre.

VICTORINE.

Quoi, monsieur, vous croyez que ceci ressemblera jamais à ma tante?

DANIEL.

Oui, mademoiselle, dans une heure.

MADAME MICHAUD.

C'est donc que l'amour fait des miracles?

DANIEL.

Il n'y a pas de miracle là dedans!

VICTORINE.

Ma tante vous demande, monsieur, si l'on devient artiste par amour.

DANIEL.

Pourquoi pas? avec un peu d'amour et dix ans d'atelier.

VICTORINE.

Mais sans avoir appris?...

DANIEL.

C'est un peu plus difficile.

TAMERLAN.

Ça se voit pourtant! vous savez bien, patron, l'histoire du

* Tamerlan, Daniel, Mme Michaud sur l'estrade, des Tournois, Victorine de Marsal.

grand Godot... (Bas à Daniel.) Contez l'affaire à madame Michaud ça la fera tenir tranquille !

DE MARSAL.

J'aimerais assez connaître l'histoire du grand Godot.

MADAME MICHAUD.

Et moi aussi.

DANIEL, tout en travaillant au buste.

Oui, eh bien, madame... Godot était un homme de quarante-cinq ans qui n'avait jamais appris la sculpture, et qui devint un grand artiste comme Jean Goujon, Michel-Ange ou Phidias, par amour pour une piqueuse de bottines!...

DES TOURNOIS.

Pour une piqueuse de bottines?

TAMERLAN.

La Caroline Lambert! Ces messieurs ne connaissent que ça ! puisqu'elle posait pour la tête et les mains dans l'atelier de Pradier, na!

DANIEL.

Godot était journaliste, à ce qu'il disait; il rendait compte du salon dans l'*Impartial de la parfumerie*; ça lui rapportait bien vingt-cinq francs par mois, les bonnes années. Il rencontra la Caroline chez moi, un jour qu'elle posait ! et il la regarda une demi-heure comme un hébété !

TAMERLAN.

Dame, patron, puisque c'était son idéal !

DANIEL.

Il en devint amoureux.

TAMERLAN.

Dites le mot, comme un pauvre!...

DANIEL.

Il la suivit pendant six mois d'atelier en atelier, je crois même qu'il la demanda en mariage à sa tante !

TAMERLAN.

Qui le renvoya à l'ours du Jardin des Plantes, dont il vint pleurer chez nous si abondamment que l'atelier en fut humide et que j'en pris un rhume de cerveau!

DANIEL.

Tamerlan, vous abusez de la parole ! je vous la retire ! Mon pauvre Godot !

TAMERLAN.

Ne pouvait se consoler du départ d'Ulysse!

DANIEL.

Quel malheur, disait-il, que je ne sois pas sculpteur!... Elle viendrait poser chez moi, et je pourrais la regarder tout mon saoûl! Il m'emprunta une poignée de vieux ébauchoirs, et Tamerlan, toujours généreux, lui donna un pain de terre glaise!

TAMERLAN.

Dame! il m'avait promis de me faire un article quand je serais grand! C'est de la corruption, voilà tout!...

DANIEL.

Un mois plus tard, il vint me réveiller à cinq heures du matin, vous auriez dit que le bonheur l'avait transfiguré: ce n'était plus le même homme! il gambadait à travers ma chambre en criant: Je suis sculpteur! J'ai fait un buste! Viens voir ça!...

TAMERLAN.

Nous y fûmes par l'omnibus de la barrière Blanche et nous grimpâmes à un joli sixième étage, où le pain et le tabac ne brillaient que par leur absence!

DANIEL.

Assez, Tamerlan! Il y a deux choses dont on ne doit pas rire: le talent et la misère!... Le buste était placé sur le coin d'une méchante commode, éclairé maladroitement par une fenêtre en tabatière! Et pourtant, il répandait dans la mansarde comme une lumière de chef-d'œuvre!... Je vous jure, sans fausse modestie, que je donnerais de bon cœur tout ce que j'ai fait, tout ce que je ferai, pour ce portrait de Caroline Lambert; c'était quelque chose de naïf et de savant, de vigoureux et de passionné! Un Albert Durer, un Holbein sculpté. Je pleurai comme une bête, et j'embrassai Godot en l'appelant grand homme! Quant à lui, le pauvre garçon, il ne pensait qu'au bonheur d'inviter Caroline dans son atelier. Je fis mouler le chef-d'œuvre, je courus chez M. Dumont, chez M. Duret, chez tous nos maîtres pour leur annoncer que la France avait un artiste de plus! Je sollicitai un marbre, et je l'obtins; l'exposition allait s'ouvrir; encore un mois et Godot apparaissait à l'univers dans toute sa gloire. Lorsque je vins chez lui pour lui apporter toutes ces bonnes nouvelles, je le trouvai debout devant sa maison, la tête nue, les pieds dans le ruisseau, l'œil éteint, la pipe à la bouche; il fumait d'un air morne en regardant passer les fiacres. Je lui demandai: Qu'est-ce que tu fais là? Il répondit: Tu vois, je m'amuse! — Et tes amours? — Ah! oui, c'est vrai! mes amours! Je suis allé chez Caroline avec mon buste sous le bras. C'est elle qui m'a ouvert la porte, je lui ai conté ce que j'avais fait par amour pour elle, et comme quoi j'étais un artiste et qu'elle viendrait poser chez moi! Elle a répondu qu'elle se moquait bien de moi, que je l'ennuyais et que je pouvais remporter mon platras!... Je ne l'ai pas emporté bien loin, je l'ai cassé contre la borne!... Et le pauvre Godot, le grand artiste, se remit à écrire dans l'*Impartial de la parfumerie!* Vous pouvez regarder, madame, c'est fait!...

MADAME MICHAUD.

Quoi? (Tout le monde se lève.)

DANIEL.

Votre buste, parbleu! Vous avez posé, j'ai travaillé!... Voilà!

(Il tourne la selle, le buste fait face au public.)

DE MARSAL.

Est-il possible!

MADAME MICHAUD, descendant de l'estrade.

Mon buste! c'est bien moi! je suis frappante! je saute aux yeux! un peu flattée, par exemple!...

TAMERLAN, à des Tournois.

Ça ne vous épate donc pas, vous qui ne dites rien?

DES TOURNOIS.

Je tombe des nues!

TAMERLAN.

Prenez garde de vous casser! (Il prend un petit drapeau dans la panoplie et le plante dans le buste.) Vive le patron!

VICTORINE, émue.

Je rêve! ma tante! L'émotion!... la surprise!...

MADAME MICHAUD.

Ah çà! tu vas pleurer maintenant parce que mon buste est ressemblant!... Mais comment diable avez-vous fait?... Ah! tant pis!... C'est pas tout ça!... Il faut qu'on s'explique!...

DES TOURNOIS.

Nous sommes à vos ordres.

MADAME MICHAUD.

Non pas avec vous, mais avec lui... Allez-vous-en, je vous confie ma nièce; ne me la perdez pas. (De Marsal, des Tournois et Victorine sortent par le fond.) — (A Tamerlan.) Toi aussi, petiot! (Tamerlan sort à gauche. Daniel vient de prendre un seau et se dirige vers la droite.) Vous, restez... j'ai deux mots à vous dire.

(Daniel pose son seau à droite et se lave les mains. Mme Michaud se croise les bras devant lui.)

SCÈNE VI

MADAME MICHAUD, DANIEL *.

MADAME MICHAUD.

Eh bien! voilà du nouveau!... mon buste est fait!...

DANIEL.

Oui, madame.

MADAME MICHAUD.

Et comment se fait-il qu'il soit fait?

DANIEL.

Dame! il est fait... parce que je l'ai fait!...

MADAME MICHAUD.

Mais vous en faites donc, des bustes?

DANIEL.

Vous ne le saviez donc pas, quand vous êtes venue me chercher?...

(Il descend à gauche chercher l'essuie-mains. Mme Michaud le suit.)

MADAME MICHAUD.

C'est vous que je suis allé chercher rue des Martyrs?

DANIEL.

A moins qu'on ne m'aie changé en fiacre!

MADAME MICHAUD.

Et vous vous appelez Daniel Périn?

DANIEL.

Jusqu'à présent. (Il redescend à droite.)

MADAME MICHAUD.

Mais si vous vous appelez Daniel Périn, vous n'êtes donc pas le prince de Villa-Reale?...

DANIEL.

Je ne l'ai jamais été, et à moins de grands changements, je ne le serai jamais!

MADAME MICHAUD.

Nous voilà bien! mais grand sacripant d'artiste, pourquoi ne nous avoir pas dit que vous étiez Daniel Périn?

DANIEL.

Mais, ma bonne madame Michaud, je vous l'ai toujours dit.

* Mme Michaud, Daniel.

MADAME MICHAUD.

Mais ce n'était pas assez de me le dire, il fallait me dire qu'en me le disant, vous me disiez la vérité.

DANIEL.

Vous m'avez donc pris pour un autre ?

MADAME MICHAUD.

Parbleu ! Le prince de Villa-Reale devait venir incognito !

DANIEL.

Diable ! je n'étais pas dans le secret, moi !...

MADAME MICHAUD.

Si, du moins, vous m'aviez dit en entrant : Je ne suis pas le prince de Villa-Reale !

DANIEL.

Mais je ne le connais pas, moi, votre prince de Villa-Reale.

MADAME MICHAUD.

Ni moi non plus ! Et il faut pour m'achever que vous ayez des manières de prince, que vous soyez généreux comme un prince ! Sans le coquin de buste que voici, je ne me serais jamais douté que vous n'étiez pas un prince. Est-il permis de tromper les gens à ce point-là !...

DANIEL.

C'est bien innocemment, je vous le jure ! Et maintenant que vous savez qui je suis, le mal est réparé.

MADAME MICHAUD.

Vous croyez ça, vous ?... Mais, malheureux ! j'avais permis à ma nièce de s'amouracher de lui, du prince !

DANIEL.

Eh bien ?

MADAME MICHAUD.

Elle ne se l'est pas fait dire deux fois ! elle est folle de vous !

DANIEL, indigné.

Elle est folle de moi ! Ma chère madame Michaud, croyez bien ! je vous jure ! je suis un honnête homme ! sacrebleu ! et je n'ai rien fait !... (Il va s'asseoir sur le canapé.)

MADAME MICHAUD, le suivant.

Eh ! mon pauvre garçon ! je ne m'en prends pas à vous ! Je dis seulement que c'est un guignon de tous les diables !... Car enfin, vous comprenez bien que je ne suis pas encore assez bête pour donner ma nièce à un monsieur qui fait des bustes !

DANIEL.

Ajoutez, s'il vous plaît, madame, qu'un monsieur qui fait des bustes n'est pas assez fou pour vous la demander!

MADAME MICHAUD.

Quand vous me la demanderiez, ce serait bien la même chose! Ma nièce aura huit millions tôt ou tard, et cinq cent mille francs tout de suite! C'est un gentilhomme qu'il lui faut!

DANIEL.

Donnez-lui un gentilhomme, je n'ai pas l'intention de m'y opposer.

MADAME MICHAUD, s'asseyant sur le canapé près de Daniel.

Je le sais bien! Mais en attendant, qu'est-ce que je vais faire de vous! (Pleurant.) J'avais bien besoin de vous commander mon buste, quand il y a des sculpteurs qui sont si laids!

DANIEL, la consolant.

Voyons, madame Michaud...

MADAME MICHAUD.

Est-ce que ça devrait être permis d'être gentil comme ça, quand on s'appelle Périn!... Périn!... pourquoi pas Dandin?

DANIEL.

Ma bonne madame Michaud!...

MADAME MICHAUD.

C'est avec vos satanées manières que vous nous avez tous mis dedans!

DANIEL.

Quelles manières? Est-ce que je n'ai pas les manières de tous les artistes?

MADAME MICHAUD se lève et descend à gauche.

Laissez-moi donc tranquille! Est-ce que vous cassez les assiettes? est-ce que vous faites sauter les bouchons? Vous ne vous êtes pas grisé une seule fois depuis que vous êtes ici! Où est votre pipe?

DANIEL se lève, et allant à elle.

J'en ai plusieurs, je vous jure! Je les ai laissées là-bas!

MADAME MICHAUD.

Il fallait les apporter, monsieur, ma nièce ne serait pas folle de vous! Mon Dieu! qu'est-ce que nous allons devenir? Tirez-nous de là!... je n'ai plus d'espoir qu'en vous!...

DANIEL.

C'est simple comme bonjour, mettez-moi à la porte! Donnez-moi, non pas cinq cent mille francs, mais quinze cents francs d'avance sur ce buste que je finirai sans vous, et je vous jure, foi d'honnête garçon, que mademoiselle Victorine n'entendra plus parler de moi!

MADAME MICHAUD.

Elle m'en parlera bien elle-même! Vous n'avez jamais été petite fille, vous?

DANIEL.

Mais si! Oh! mais non!

MADAME MICHAUD.

Vous n'avez jamais eu de toquades?

DANIEL.

Mais non! mais si!

MADAME MICHAUD.

Eh bien, qu'est-ce qu'on faisait pour vous guérir?

DANIEL.

On s'en allait et l'on ne revenait plus!

MADAME MICHAUD.

Je connais Victorine, il faudra quelque chose de plus pour la désensorceler!

DANIEL.

Bah! mademoiselle Victorine est une jeune personne raisonnable; quand elle saura qui je suis, elle ne pensera plus à moi!...

MADAME MICHAUD.

Ça ne suffirait peut-être pas! Elle est romanesque!

DANIEL.

Eh bien, je lui parlerai moi-même! Je lui dirai que non-seulement je ne la mérite pas, mais encore que je ne l'aime pas!

MADAME MICHAUD.

Vrai?

DANIEL.

Que je ne veux pas d'elle et que je ne songe pas plus à demander sa main qu'à piquer une tête du haut du Pont-Neuf!

MADAME MICHAUD.

Vous ferez cela, vous?

DANIEL.

Aujourd'hui même; après quoi, je ferai mon buste, je bouclerai mon sac, et j'irai coucher chez moi, à Paris!

(De Marsal et des Tournois entrent.)

MADAME MICHAUD.

Monsieur Daniel! mon cher monsieur Daniel! C'est bien! c'est beau! ce que vous faites là!... C'est distingué!... Je vous donne mon estime, mon cœur, et tout ce qui pourra vous être agréable!... Embrassez-moi, mon enfant!... Encore! encore! Ah! je suis la plus heureuse des tantes!... C'est bien convenu, n'est-ce pas?

DANIEL.

Oui, madame Michaud.

MADAME MICHAUD.

Eh bien! attendez là, cœur d'or, je vas vous envoyer notre enfant! (Elle l'embrasse et sort.) Ah! sapristi! (pleurant presque) je suis bien contente.

DANIEL.

Quel drôle de château! (Il va s'asseoir à l'extrême gauche.)

SCÈNE VII

DANIEL, DES TOURNOIS, DE MARSAL*.

DE MARSAL, à des Tournois.

Eh bien, est-ce clair?

DES TOURNOIS.

Plus de doute!

DE MARSAL.

On nous a fait jouer un joli rôle!

DES TOURNOIS.

Il est plaisant que deux gentilshommes soient bernés de la sorte par un homme qui n'est pas né!

DE MARSAL.

A quoi diable pense-t-il là?

DES TOURNOIS.

Parbleu! il cuve son bonheur et les millions de la mère Michaud! Est-ce bête, les millions!

DE MARSAL.

Est-ce que nous ne lui dirons pas son fait?

DES TOURNOIS.

Je le méprise trop pour lui dire à quel point je le méprise!

DE MARSAL.

Et puis, il est d'une certaine force à l'épée!...

* Daniel, de Marsal, des Tournois.

DES TOURNOIS.

Ah! vous me défiez, cher ami, mais que ne lui parlez-vous vous-même?...

DE MARSAL.

Aussi, lui parlerai-je!... Je suis un homme pacifique, moi; je ne suis pas un ferrailleur, moi; je ne me bats pas!... J'ai des principes qui m'interdisent le duel! C'est pourquoi je puis dire hardiment ce que je pense! (Frappant sur l'épaule de Daniel.) Monsieur!...

DANIEL, relevant la tête.

Monsieur!...

DE MARSAL.

Nous avons, mon noble ami et moi, des excuses à vous faire!

DANIEL.

Et de quoi, s'il vous plaît?

DE MARSAL.

De vous avoir pris pour un gentilhomme!

DANIEL.

Ah! vous aussi! C'est bien!... il n'y a pas d'offense.

DE MARSAL.

Nous savons maintenant à quoi nous en tenir!

DANIEL.

Tant mieux pour vous! (Des Tournois redescend à gauche.)

DE MARSAL.

Je suis, monsieur, un homme pacifique, et ma parole n'en a que plus d'autorité... J'ai donc le droit de vous dire... sans provocation... mais d'assez haut... qu'un gentilhomme ne se serait jamais conduit comme vous.

DANIEL.

Ah çà! monsieur, où diable voulez-vous en venir?

DE MARSAL.

A rien, monsieur! Je crains d'ailleurs que mon opinion sur vous ne vous soit complétement indifférente!

DANIEL.

Qu'entendez-vous par là?

DES TOURNOIS.

Monsieur paraît vous dire que les gens comme vous n'ont pas besoin de l'estime des gens comme lui!

DANIEL.

Non, monsieur, je n'en ai pas besoin; mais j'y ai droit et je la réclame.

DE MARSAL.

Parbleu! monsieur! il faudra bien que vous vous en passiez; car elle n'est pas au service des intrigants!

DANIEL.

Jour de Dieu! monsieur! voilà un mot de trop; retirez-le bien vite, ou je vous le fais rentrer dans la bouche!

DES TOURNOIS.

Monsieur est d'un âge à savoir ce qu'il dit.

DE MARSAL.

Oui, monsieur.

DANIEL.

Et moi, je suis d'un âge à savoir ce que je fais. (Il fait le geste de lui donner un soufflet.)

DE MARSAL, lui retenant le bras.

Monsieur!

(Victorine paraît à droite. Daniel l'aperçoit.)

DANIEL, changeant de ton.

Oui, monsieur, et demain je serai très-heureux de passer la matinée avec vous.

DE MARSAL.

Mais, monsieur!...

(Daniel lui fait signe de se taire. — De Marsal détourne la tête et voit Victorine qui est descendue en scène; de Marsal et des Tournois la saluent. — Daniel retourne à son buste. — Le rideau baisse.)

FIN DU DEUXIÈME ACTE

ACTE TROISIÈME

Même décor.

SCÈNE PREMIÈRE

DANIEL, UN DOMESTIQUE.

Au lever du rideau, Daniel est endormi près de son buste; demi-jour sur la scène. — On frappe à la porte-vitrée du fond, Daniel ne bouge pas; on frappe une seconde fois, Daniel se réveille et va ouvrir. — Le domestique entre, portant un panier.

DANIEL.

Ah! c'est vous, monsieur Joseph! J'ai oublié de remonter ma montre hier au soir. Quelle heure est-il?

LE DOMESTIQUE.

Six heures sonnaient lorsque j'ai quitté le château, monsieur.

DANIEL.

Alors, vous pouvez éteindre la lampe et tirer les rideaux. (Il éteint la lampe et tire les rideaux. Il fait jour.) Je ne vous demande pas si tout le monde est endormi là-bas?

LE DOMESTIQUE.

Excepté M. des Tournois et M. de Marsal, qui ont déjà demandé de l'eau chaude pour leur barbe.

DANIEL, à part.

Ah! ah! toujours la noblesse française! MM. les Anglais, tirez les premiers!

LE DOMESTIQUE.

Madame a dit au chef que monsieur travaillerait dès le matin et qu'il déjeunerait dans l'atelier. J'ai apporté le déjeuner froid.

DANIEL.

Merci! voulez-vous le mettre là?

LE DOMESTIQUE.

J'ai un billet à remettre à monsieur de la part de madame Michaud. C'est d'hier soir.

DANIEL.

Donnez. (Il lit...) « Mon cher monsieur. » (Parlé.) Oh ! oh ! l'orthographe des millionnaires ! « Je compte sur vous plus que jamais, vu que ce sera difficile. Vous m'avez promis de parler hier à ma nièce, et pas du tout, il faudra que vous lui parliez ce matin, dont auquel nous en sommes convenus pour la guérir de ce que vous lui avez donné dans l'œil, s'il vous plaît. Ne partez pas avant que nous allions vous voir. Ci-inclus les 1,500 francs demandés et le cœur reconnaissant de sa tante inconsolable. — Veuve Michaud. » (Au domestique.) Je vous remercie, il n'y a pas de réponse. Ah ! je quitte le château ce matin ; voudrez-vous partager ceci avec vos camarades ?

LE DOMESTIQUE.

Oh ! monsieur, c'est trop ! beaucoup trop !

DANIEL.

Adieu, mon ami, j'ai encore à travailler. (Le domestique sort.)

SCÈNE II

DANIEL seul, frappant à la porte de droite.

Tamerlan ! Tamerlan !

TAMERLAN.

Patron !

DANIEL.

Habille-toi en deux temps. J'ai besoin de toi.

TAMERLAN.

On y va, patron.

DANIEL.

Si je comprends un mot à ce qui m'arrive depuis vingt-quatre heures !... Je me demande par moment si tous ces gens-là sont fous, ou si ce n'est pas moi qui perds la tête. Enfin, il ne s'agit pas de comprendre, le vin est tiré. (Appelant.) Tamerlan !

TAMERLAN, entrant et demi vêtu.

Patron, est-ce que le feu est à la rivière ? Tiens ! voilà comme vous vous êtes couché, vous ?

DANIEL.

J'ai fini mon buste.

TAMERLAN.

Cristi ! On voit bien que vous ne vous y mettez pas souvent. Il faut que vous ayiez passé la nuit. Ce n'est plus du travail ça, c'est du somnambulisme.

DANIEL.

Donne-moi de quoi m'habiller, le numéro 1. (Il retire son paletot de travail qu'il pose au fond, près de l'orgue.)

TAMERLAN, sur le seuil de la porte.

Avec le ruban de nos ordres?

DANIEL.

Avec le ruban.

(Tamerlan entre à droite pour rentrer aussitôt avec la redingote.)

TAMERLAN.

Voilà, patron. — Monsieur est de noce? *

DANIEL, allant chercher une brosse pour en donner un coup à sa redingote.

Non! je me bats ce matin.

TAMERLAN.

Vous vous battez... (Pleurant.) hi! hi! hi!

DANIEL.

Il ne s'agit pas de pleurer, grand lâche!

TAMERLAN.

Moi, lâche? Si je pouvais seulement me battre pour vous

DANIEL.

Tu es bête!

TAMERLAN, pleurant toujours.

Et avec qui, mon bon patron?

DANIEL.

Avec M. de Marsal.

TAMERLAN.

Oh! la canaille!

DANIEL.

Tiens-toi donc tranquille! C'est moi qui lui ai donné un soufflet!

TAMERLAN.

Vous avez bien fait.

(Daniel rend la brosse et met sa redingote.)

DANIEL.

Non! j'ai mal fait. Mais il n'y a pas à revenir là-dessus. Ces messieurs seront ici d'un moment à l'autre. Essuie tes yeux et écoute mes volontés.

TAMERLAN.

Oui, patron! (Tamerlan sanglote. Daniel l'attire à lui.)

* Tamerlan, Daniel.

DANIEL.

Je n'ai pas écrit à ma mère, ça porte malheur. S'il m'arrivait quelque chose, tu lui dirais que ma dernière pensée a été pour elle. Je ne la laisse pas riche, la pauvre mère! tu lui remettras ceci pour faire face à l'échéance du 15. Pour l'avenir, tu prieras Guillaume et Péraud d'organiser une espèce de vente... avec ce qui reste dans l'atelier; ça fera 25 ou 30,000 francs à vue de pays. Il n'en faudra pas tant, car la pauvre vieille ne me survivra guère. Tu ne la quitteras pas, Tamerlan. Elle t'a donné la becquée, tâche de te conduire en fils.

TAMERLAN.

Ce n'est pas l'exemple qui m'a manqué, patron. Je ferai comme vous, si j'en suis capable.

DANIEL, lui serrant la main.

J'étais sûr de toi... merci! Ce n'est pas tout! Je n'ai pas eu le temps d'aller chercher un témoin à Paris, tu n'es plus un baby, tu as dix-huit ans; va t'habiller.

TAMERLAN.

Moi, patron! votre témoin? Vous me traitez comme un homme?

DANIEL.

Ça t'étonne?

TAMERLAN.

Ça ne m'étonne pas, ça me grise. Je ne pleure plus maintenant. Nom de nom, de nom! Ils peuvent venir, vous verrez si je caponne!

DANIEL.

Tu es un brave garçon. Va t'habiller, va.

TAMERLAN.

Je n'ai pas encore eu le temps de me débarbouiller; mais c'est égal, faut que je vous embrasse. Je n'ai pas peur, allez. Il ne vous arrivera rien. D'abord les femmes sont pour vous! Et qu'est-ce que dirait mademoiselle Victorine? Oh! nous nous en moquons bien de M. de Marsal... vous en mangeriez deux comme lui... Ça n'est pas effrayant du tout... ça n'est que drôle. (Il sort.)

DANIEL.

Pauvre petit! En voilà un qui me regretterait. (A son buste.) Tiens! il y a quelque chose dans les cheveux. (On frappe.) Entrez!

SCÈNE III

DANIEL, DES TOURNOIS, puis TAMERLAN.

DES TOURNOIS.

Monsieur, nous venons nous mettre à vos ordres ; M. de Marsal est là.

DANIEL.

Je ne le ferai pas attendre, monsieur. Vous avez eu la bonté de vous procurer des armes ?

DES TOURNOIS.

Mon Dieu, non, nous avons compté sur vous. Madame Michaud ne nous a pas quittés de la soirée. Mais elle vous a laissé libre.

DANIEL.

Moi, j'avais mon buste à faire. J'y ai passé la nuit. J'ai compté sur vous.

DES TOURNOIS.

Mais alors vous n'avez pas de témoin non plus ? Cependant, monsieur, vous auriez dû comprendre que nous ne pouvions pas rester plus longtemps sous le coup...

DANIEL.

Rassurez-vous, monsieur. J'ai mon ami dans la maison, et si vous voulez bien l'accepter... (Entre Tamerlan habillé convenablement.)

DES TOURNOIS.

M. Tamerlan ? *

TAMERLAN.

M. Georges Durand, s'il vous plaît... nom qui n'est pas connu, mais qui peut-être un jour se fera connaître. (Il passe.) J'ai débuté avec vous par une mauvaise plaisanterie, je me suis laissé prêter une centaine de francs, mais si vous vous payez...

DES TOURNOIS.

C'est bon, monsieur, nous parlerons de cela plus tard. Va pour M. Georges Durand... Mais il faudrait maintenant nous procurer des armes ! M. de Marsal est l'offensé, il choisit le pistolet.

DANIEL.

Parbleu ! nous n'irons pas bien loin, en voici. (Il montre la panoplie.)

* Tamerlan, Daniel, des Tournois.

TAMERLAN, allant prendre une boîte placée sur la table à droite.

Laissez donc cette ferraille! Vous avez là de vrais pistolets de combat, une boîte admirable que j'ai dénichée en furetant.

DANIEL.

Mauvaises armes, et il y a longtemps qu'on ne s'en est servi!

TAMERLAN.

Ça les rajeunira!

DANIEL.

Bonnes ou mauvaises, monsieur, les acceptez-vous?

DES TOURNOIS.

J'accepte tout, pourvu qu'on en finisse : partons!

DANIEL.

Où allons-nous?

DES TOURNOIS.

Dans le parc.

DANIEL.

On nous entendra du château. Attendez! Je suppose que vous voulez une affaire sérieuse?

DES TOURNOIS.

J'aime à croire que vous n'en doutez pas.

DANIEL.

Eh bien, restons ici; nous serons à bonne portée et personne ne pourra nous entendre.

DES TOURNOIS.

Permettez-moi de consulter M. de Marsal. (Il sort.)

TAMERLAN.

Patron! est-ce que ça ne pourrait pas s'arranger?

DANIEL.

Tu veux donc que je te tire les oreilles?

(Des Tournois rentre avec de Marsal.)

SCÈNE IV

LES MÊMES, DES TOURNOIS, DE MARSAL*.

DES TOURNOIS.

M. de Marsal accepte, et nous n'avons plus qu'à charger les armes.

(De Marsal et Daniel se saluent. — Sur le canapé se trouve la boîte de pistolets déposée par Tamerlan. — Des Tournois charge les pistolets.)

DES TOURNOIS, donnant les pistolets.

Messieurs, les deux places sont également bonnes.

DANIEL.

Je resterai donc où je suis.

DE MARSAL.

Soit! (Ils se placent aux deux bouts de l'atelier.)

DES TOURNOIS, donnant les pistolets à choisir.

Messieurs, vous marcherez l'un sur l'autre à volonté, je frapperai trois fois dans mes mains; au troisième coup vous tirerez ensemble. Etes-vous prêts?

(Daniel et de Marsal font signe que oui, des Tournois frappe trois fois dans ses mains, Daniel tire.)

DANIEL.

Manqué!

DE MARSAL.

Monsieur!

DANIEL.

Tirez donc, monsieur, nous ne sommes pas ici pour nous amuser.

DE MARSAL, s'avançant.

Monsieur, votre vie est à moi... mais je suis un homme pacifique, il me répugne de la prendre. Je suis prêt à accepter vos excuses.

DANIEL.

Je ne vous en ferai pas, monsieur, tirez!

DE MARSAL.

Un mot d'excuse, monsieur, je vous en prie. Si je tirais maintenant, je serais un assassin!

DANIEL.

Si vous ne tirez pas, vous êtes un lâche!

* Daniel, de Marsal, Tamerlan, des Tournois.

DE MARSAL.

Monsieur...

DES TOURNOIS.

C'est un supplice intolérable. Tirez!

TAMERLAN.

Fait-il des façons pour manquer un homme!

DE MARSAL tire.

Ah! c'en est trop... Ah! (Il tombe sur le canapé.)

TAMERLAN.

Qu'est-ce qui lui prend?

DES TOURNOIS.

Blessé au bras!

DANIEL, ramassant le pistolet.

Le pistolet a éclaté. Je vous avais bien dit que ces armes ne valaient rien. (Examinant le bras de de Marsal.) Rassurez-vous, monsieur, la blessure est légère!

DE MARSAL.

Que je souffre! A-t-on jamais vu plus ridicule accident!

DES TOURNOIS.

Moi, je vais chercher un médecin. Dans ce quartier perdu ce sera le diable!

DANIEL, enveloppant le bras de de Marsal avec son mouchoir.

Allez, monsieur, courez... (A Tamerlan.) Toi, cours au château demander une voiture, et file vite! Ah! ta cravate! (Il la lui prend et en fait une écharpe pour de de Marsal. Des Tournois et Tamerlan sortent.)

SCÈNE V

DANIEL, DE MARSAL. *

DE MARSAL.

Je vous remercie, monsieur, vous êtes un adversaire généreux.

DANIEL, avec son canif, lui découd la manche de son habit.

Non, monsieur, je suis une brute incapable de maîtriser son premier mouvement. Je ne me pardonnerai jamais toutes les sottises que j'ai faites depuis hier. Si ce maudit accident avait été plus grave!... J'espère que vous ne refuserez pas d'agréer mes excuses, bien qu'elles viennent malheureusement trop tard!

* Daniel, de Marsal.

DE MARSAL.

Hélas ! monsieur, c'est moi qui vous ai provoqué. Dieu sait pourtant que ce n'est ni dans mes principes, ni dans mes habitudes.

DANIEL.

Ma foi, puisque nous en sommes là, rendez-moi donc le service de me dire ce que vous aviez contre moi?

DE MARSAL.

Vous ne le savez pas?

DANIEL.

Je veux être écorché vif si j'en ai la moindre idée.

DE MARSAL.

Vous n'avez pas compris que mon amour pour mademoiselle Victorine, les espérances que madame Michaud m'avait données!... le dépit, la ruine de mes projets les plus chers... et votre triomphe si peu prévu... m'avaient exaspéré contre mon rival ?

DANIEL.

Jour de Dieu, vous en êtes encore là ? mais je ne suis pas votre rival, je ne le serai jamais! Je n'ai pas songé un seul instant à épouser mademoiselle Victorine, et je ne sais pas ce que vous avez tous à me la jeter à la tête.

DE MARSAL.

Serait-il vrai, monsieur? Nous serions-nous trompés à ce point? Mais toutes les apparences...

DANIEL.

Parbleu, vous me la donnez belle avec vos apparences! Lorsque vous êtes venu hier au soir avec votre ami me chercher cette ingénieuse querelle, je faisais mes paquets pour m'en aller, et si je suis resté jusqu'à ce matin, c'est uniquement pour vous.

DE MARSAL.

Quoi! madame Michaud ne venait pas de vous accorder la main de mademoiselle Victorine ?

DANIEL.

Elle venait de me faire ses adieux, et elle me remerciait avec un peu trop de pantomime peut-être de laisser le champ libre aux prétendants de son choix.

DE MARSAL se lève et réprime un mouvement de douleur.

Mais alors, monsieur, je renais à l'espérance; ma situation redevient bonne; que dis-je? elle est meilleure... car enfin je suis blessé pour elle, et il était temps, car des Tournois est sur le point d'obtenir un poste important, et madame Michaud était pour lui. Mais maintenant que je suis intéressant, que j'ai le bras en écharpe... Ah! monsieur, que vous êtes bon de m'avoir fourni l'occasion de me blesser!

DANIEL.

Je suis meilleur encore que vous ne supposez, et je ferai pour vous quelque chose de plus.

DE MARSAL.

Cher ami!

DANIEL.

Entendons-nous pourtant : Aimez-vous mademoiselle Victorine?

DE MARSAL.

Si je l'aime!

DANIEL.

Etes-vous bien sûr que sa dot n'est pour rien dans la passion qu'elle vous inspire?

DE MARSAL.

Pour rien, mon cher Daniel, pour presque rien.

DANIEL.

Comprenez-vous que c'est une femme... une femme enfin qui mériterait d'être épousée gratis... lors même qu'elle n'aurait pas le sou... et qu'elle serait coiffée d'un petit bonnet.

DE MARSAL.

Oui, je le disais encore avant-hier à mon ami des Tournois.

DANIEL.

C'est qu'elle est jolie comme les amours, et bonne et intelligente!... Ce n'est pas un cœur à la douzaine... et l'homme qui la verrait sans l'aimer... Qu'est-ce que je dis donc, moi!

DE MARSAL.

Vous voyez bien que vous l'aimez...

DANIEL.

Moi! je m'en moque comme de l'an quarante, et la preuve... c'est que je vais aujourd'hui... et dans un instant, lui parler pour vous.

DE MARSAL.

Vous feriez cela, mon bon Daniel?

DANIEL.

Est-ce que je ne dois pas réparer mes sottises?

DE MARSAL.

Réparez !... Oh ! réparez ! Vous ferez notre buste à tous ! car vous êtes un artiste, vous, un vrai ! un grand ! Je ne me pardonnerai jamais d'avoir pu vous méconnaître.

SCÈNE VI

LES MÊMES, TAMERLAN.

TAMERLAN.

Le caisson des ambulances est à la porte du pavillon.

DANIEL.

Monsieur des Tournois n'est pas revenu?

TAMERLAN.

Pas encore ! on l'attend avec le médecin. Mais ce n'est pas un docteur qu'il faudrait, c'est trois docteurs ! Madame Michaud a une attaque de nerfs, mademoiselle Victorine s'est trouvée mal... Tout le château est à la renverse ! jusqu'à la femme de chambre de mademoiselle qui s'est mise à tourner de l'œil lorsqu'elle a su que j'avais été témoin... Appuyez-vous sur moi... la bête est solide.

DE MARSAL.

Mon ami... tout mon espoir est en vous !

DANIEL.

Ayez confiance ! (Marsal sort appuyé sur Tamerlan.) Ouf ! madame Michaud avait raison... la chose sera plus difficile que je ne pensais...

SCÈNE VII

DANIEL, TAMERLAN.

TAMERLAN, rentrant.

Emballé, le blond ténébreux, avec son abattis en écharpe ! Si ce n'est pas une pitié de faire autant d'arias pour un muscle endommagé !... (Ramassant une balle.) Oh ! c'te balle, bonjour, madame !

DANIEL.

Tu disais donc que mademoiselle Victorine...

TAMERLAN.

Pincée, ô mon patron ! en latin, *pinçatus*. Au premier mot de l'affaire, elle a fait couic ; quand elle a su que le mauvais numéro était tombé sur l'autre, elle a fait ah !

DANIEL.

Es-tu sûr de ce que tu dis? Tu ne t'es pas trompé?...

TAMERLAN.

Parole d'honneur! je vous réponds que si j'avais eu des gants paille, je la demandais en mariage pour vous. Mais je n'avais seulement pas de cravate!

DANIEL.

Alors, pas un moment à perdre!... Tu nous laisseras seuls, Tamerlan, tu iras faire les malles.

TAMERLAN.

Nous enlevons la jeune personne?

DANIEL.

Tu es plus bête que celui qui l'a inventé. (A lui-même.) Eh bien, oui... Mais comment vais-je m'y prendre pour lui dire que je ne l'aime pas? d'autant plus qu'elle ne me déplaît pas du tout, et que je lui ferais bien son buste pour rien, si elle voulait. Cristi! je n'ai pas d'idées quand je suis à jeûn. As-tu faim?

TAMERLAN.

Toujours!

DANIEL.

Et soif?

TAMERLAN.

C'est ma maladie!... Si je savais quel est le maladroit qui ma laissé tomber une éponge dans l'estomac!...

DANIEL.

Eh bien, mets le couvert. (Il remonte à l'estrade. Tamerlan y a déjà disposé les deux couverts, ainsi que les bouteilles et le plat. Daniel, aidé de Tamerlan, descend l'estrade à droite près du canapé.) Assieds-toi là (Daniel s'assied sur le canapé, Tamerlan va chercher un petit tabouret et s'installe.) et déjeunons!

TAMERLAN.

Ça me va.

DANIEL, versant.

Allons, faisons notre devoir. (Il boit.)

TAMERLAN.

Vous m'en direz tant!... (Il boit.)

DANIEL, se versant de nouveau.

N'est-il pas prodigieux, mon pauvre Tamerlan, qu'une femme comme elle...

TAMERLAN.

Qui?

DANIEL.

Elle! (Il boit.)

TAMERLAN, commençant à se griser.

Ah! bien!

DANIEL.

Soit condamnée à choisir entre M. des Tournois et M. de Marsal parce qu'ils sont gentilshommes? (Il se verse et boit.)

TAMERLAN.

Alors ce n'était pas la peine de faire la révolution, et 89 n'est qu'un objet de luxe... (Voyant Daniel qui se verse.) Mais dites donc, est-ce que vous allez vous griser?

DANIEL.

Oui... Je me grise parce que j'ai des choses à dire que je ne dirais peut-être pas de sang-froid. (Il boit, et tendant son verre.) Allons, verse! et en avant la chanson des ateliers!

PREMIER COUPLET.

Air nouveau de M. Duprato.

Dans les ateliers du quartier Latin
On n'a ni feu ni chandelle,
On prend pour trois sous de modèle
Et pour deux sous de pain,
Dans les ateliers du quartier Latin.

Refrain.

Mais qu'importe! on travaill' tout d'même.
On se lève de bon matin,
Et l'on rit, l'on chante et l'on aime
A la barbe des philistins!

(Reprise ensemble du refrain.)

DANIEL, parlé.

A toi le second couplet!

TAMERLAN, parlé.

On y va, patron. (Il se lève.)

DEUXIÈME COUPLET.

Dans les ateliers du quartier Bréda
Il y vient des demoiselles...

(Faisant des mines.)

Qui vous font poser pour elles.
C'est tout c'qu'on en a...

DANIEL.

C'est tout c'qu'on en a...

TOUS DEUX.

Dans les ateliers du quartier Bréda.

(Reprise ensemble du refrain.)

DANIEL, après avoir bu sur la ritournelle, se lève.

A nous deux, maintenant, le couplet des paysagistes.

TAMERLAN.

Allons-y, patron ! (Ils descendent tous deux au milieu du théâtre.)

DANIEL.

TROISIÈME COUPLET.

Dans les ateliers de Fontainebleau
On est père, on se marie.

TAMERLAN.

Les enfants mang'nt la bouillie.

DANIEL.

Le papa boit de l'eau.

TAMERLAN.

Le papa boit de l'eau.

(Ils boivent.)

TOUS DEUX.

Dans les ateliers de Fontainebleau.

(Reprise ensemble du refrain. — Sur la ritournelle ils dansent. — Daniel retourne à l'estrade. — Tamerlan redescend à gauche et boit à même la bouteille qu'il tient.)

TAMERLAN.

Pauvre patron, il a son plumet !

DANIEL, très-agité.

Et pourtant elle n'aurait pas été malheureuse avec moi. J'ai commencé à me faire un nom qui vaut bien celui de Marsal. Il y a cinquante mille gentilshommes aussi nobles que lui. Combien donc avons-nous de sculpteurs plus célèbres que moi ?

TAMERLAN.

Combien ? je n'en connais qu'un : c'est Jean Goujon ; et encore je crois qu'il est mort. N'est-ce pas, patron, qu'il est mort ?

DANIEL.

Oui, mon garçon, il aimait Charles IX : c'est ce qui l'a tué !

TAMERLAN.

Après ça, si c'était son idée à ct'homme !

DANIEL.

C'est égal, j'ai chassé la mélancolie !

TAMERLAN, chantant.

A la Monaco l'on chasse, l'on déchasse.

DANIEL.

Chut ! on a frappé... va ouvrir !...

TAMERLAN, trébuchant.

On y va ! ah ! mais, minute. C'est comme ami, pas comme domestique. (Il ouvre sur l'air de Larifla.) Madame Mimi, madame Mimi, madame Mi, Michaud.

SCÈNE VIII

LES MÊMES, MADAME MICHAUD.

MADAME MICHAUD.

Eh bien, qu'est-ce qu'il a donc, le petit ?

TAMERLAN.

Air de Marlborough.

Il a la mort dans l'âme,
Mironton, ton, ton, ton, mirontaine.

(Il se jette dans Madame Michaud, qui le fait passer à droite *.

MADAME MICHAUD.

Ah ! bien ! c'est du joli !

DANIEL.

Voyez-vous, madame Michaud, c'est votre faute.

MADAME MICHAUD.

Ah ! mon Dieu ! et lui aussi ! Au diable la retouche de mon buste !

DANIEL.

Il ne fallait pas lui donner d'éducation romanesque, à elle... et puis, moi, je ne suis pas un méchant garçon !... Tamerlan vous le dira... J'arrivais de confiance... avec mes outils... Nom de nom ! madame Michaud, quand on a une nièce que personne ne peut s'empêcher de l'aimer, on écrit sur le mur de son jardin : Il y a des piéges à loups !

MADAME MICHAUD.

Ah çà, vous l'aimez donc ?

DANIEL.

Si je l'aime !... Mais chut ! faut pas lui dire !...

TAMERLAN, qui est redescendu à gauche et criant à tue-tête.

Silence et mystère !

DANIEL.

Tais-toi !... ou je t'écrase.

* Daniel, Mme Michaud, Tamerlan.

TAMERLAN, s'appuyant contre l'orgue.

Essaye donc un peu de m'écraser, grand omnibus!

MADAME MICHAUD.

C'est égal, on vous en donnera de la romanée de 1834 pour vous mettre dans des états pareils.

TAMERLAN.

Parbleu! si vous nous aviez fourré de la piquette, nous ne serions pas si folichons!... (Fredonnant.) Folichons et folichonnettes!... (Il passe à droite.)

MADAME MICHAUD.

Allons, bon!

DANIEL.

Oh! vous ne me connaissez pas, madame Michaud.

TAMERLAN.

Non! vous ne le connaissez pas! c'est une belle âme!

DANIEL.

Je l'aurais rendue heureuse, allez!... Mais chut!... Il faut pas lui dire. (Il l'embrasse.) J'aime mieux qu'elle me méprise, qu'elle me prenne pour... un paveur... faut que je la dégoûte!... Voyez-vous! parce que je suis un honnête homme... Eh bien, quoi... j'ai bu...

MADAME MICHAUD.

Allons, c'est pour ça! et moi qui lui disais des sottises... C'est bien, mon pauvre garçon, c'est très-bien! D'ailleurs ça ne vous va pas trop mal.

TAMERLAN.

C'est donc à dire que ça me va mal, à moi?

MADAME MICHAUD.

Qu'il est bête, ce petit-là!

DANIEL, suivant son idée.

Si vous n'aviez pas été une bonne femme, je sais bien ce que j'aurais fait!... Je vous l'aurais soufflée, votre nièce, je l'aurais emmenée à l'atelier, nous nous serions épousés sans vous. Elle n'aurait pas été bien!... Mais enfin, je gagne ma vie... je suis dans mes meubles!... Maman Périn ne l'aurait pas mise à la porte!... Ah! elle l'aurait bien aimée! maman Périn... N'y pensons plus.

MADAME MICHAUD.

Oh! non, mon ami, n'y pensez plus!

DANIEL.

Que je n'y pense plus!... Mais vous ne la connaissez donc

pas, ma Victorine. Vous lui avez donné le jour en qualité de tante, mais vous ne la connaissez pas! Savez-vous, madame Michaud, tout ce qu'il y a de gentillesse dans ce bon petit cœur de bébé... (Chantant.)

Connaissez-vous...
Connaissez-vous dans Barcelone?...

(Victorine entre. Daniel s'arrête.) Elle!

MADAME MICHAUD.

Victorine! ah çà! vous, pas de bêtises!

(Un grand temps. — Daniel cherche à se remettre. — Il relève ses cheveux et boutonne sa redingote. — Tamerlan sort à gauche.)

SCÈNE IX

LES MÊMES, VICTORINE *.

VICTORINE.

Eh bien, monsieur Daniel, voilà donc comme vous m'avez obéi?

DANIEL.

Moi, je... qu'est-ce que j'ai donc fait?

VICTORINE.

Je sais tout, monsieur! Et votre imprudence de ce matin! Mon Dieu! j'en suis encore toute émue!

DANIEL.

Vous avez raison, mademoiselle. J'ai des excuses à vous faire pour ma conduite... et pour les enfantillages de ce matin.

VICTORINE.

Exposer ainsi vos jours!

DANIEL.

C'est que dans ces occasions-là...

VICTORINE.

On oublie toutes ses affections... même sa mère.

DANIEL.

Mais je la reverrai aujourd'hui!... Je ne la quitterai plus.

VICTORINE.

Vous pensez donc toujours à partir?

DANIEL.

Il le faut, mademoiselle.

* Daniel, Victorine, Mme Michaud.

VICTORINE.

Quoi! ni les prières de ma tante, ni les miennes?...

DANIEL.

Je sais, mademoiselle, que dès mon arrivée dans cette maison, vous m'avez pris pour un autre! Vous avez cru voir, au lieu d'un artiste sans nom...

VICTORINE.

Eh! monsieur, qu'est-ce que le nom! C'est le cœur qui fait les gentilshommes!

DANIEL.

Oui, certes! et j'étais bien sûr que vous pensiez si noblement! Mais le monde, voyez-vous, et puis la famille...

MADAME MICHAUD.

S'il n'y avait pas des règlements comme ça pour les personnes riches, tu comprends, chère enfant, qu'on serait forcé d'épouser tout le monde!

VICTORINE.

On épouse celui qu'on aime, ma tante. Est-ce donc mal?

DANIEL.

Mal!... Mais c'est beau! c'est grand! c'est sublime!

MADAME MICHAUD, le tirant par sa manche.

Qu'est-ce qu'il dit? qu'est-ce qu'il dit?

DANIEL, bas à madame Michaud.

N'ayez pas peur!... Ça m'est échappé!... (Haut.) C'est sublime, disais-je, mademoiselle!... ou plutôt c'est romanesque... et la saine raison vous parlerait autrement... Il est bien plus vrai de dire qu'on aime celui qu'on épouse... On ne l'aime pas tout de suite!... Mais au bout d'un certain temps... après quelques années!...

MADAME MICHAUD.

Oh! ça vient souvent au bout de quelques mois.

DANIEL.

Madame Michaud a raison: au bout de quelques années. Il n'en faut pas davantage, surtout lorsqu'un homme vous apporte un nom, un rang, et mille biens précieux... que vous saurez apprécier plus tard!

MADAME MICHAUD.

Bien, très-bien!... Ces messieurs, par exemple!

DANIEL.

Il y en a un surtout, M. de Marsal, à qui j'ai promis, à qui je dois de plaider sa cause devant vous.

VICTORINE.

Quoi, monsieur, c'est vous qui venez me parler en faveur de M. de Marsal?

MADAME MICHAUD, serrant les mains de Daniel.

Oh! bon jeune homme! parlez. Ce n'est pas eux qui parleraient pour vous!... Si vous les aviez entendus l'autre soir. Comme ils vous éreintaient!

DANIEL, voulant l'arrêter.

Madame! madame!

MADAME MICHAUD.

Sapristi! ça m'est échappé!

DANIEL, à Victorine.

M. de Marsal vous aime, mademoiselle... Il me l'a dit... Il a fait mieux, il l'a prouvé ce matin, au péril de sa vie.

VICTORINE.

Mais il n'est pas le seul, monsieur, qui se soit battu pour moi.

MADAME MICHAUD.

Mais si... nous t'avons dit qu'il s'était blessé lui-même.

VICTORINE.

C'est bien! Ainsi donc, monsieur, vous me demandez ma main pour M. de Marsal?

DANIEL.

Moi! (Avec effort.) Oui, mademoiselle, c'est un galant homme qui mérite d'être heureux.

VICTORINE.

Et moi, me promettez-vous que je serai heureuse avec lui? (Elle descend à droite, Daniel prend le milieu.)

DANIEL.

Si je vous le promets... si je... Oh! malheur à celui qui ne vous rendrait pas heureuse! Honte et malheur à l'ingrat qui ne saurait pas apprécier tout ce qu'il y a de beau, de bon et de charmant dans votre adorable personne!

MADAME MICHAUD.

Très-bien! Ah! vous ferez un fier mari, vous!

DANIEL.

Le mari qui ne saurait pas vous comprendre, l'infâme qui ferait blanchir vos beaux cheveux et qui amènerait les rides sur ce front si pur, mais il faudrait le mettre au ban de la société!

MADAME MICHAUD.

Oui.

DANIEL.

C'est à genoux qu'on doit vous aimer.

MADAME MICHAUD.

Oui! oui!

DANIEL.

C'est à vos pieds qu'il faut vivre! Il faut passer les nuits à votre chevet pour vous apporter dès le matin ce que vous aurez souhaité dans vos rêves.

MADAME MICHAUD.

Oui! oui!

DANIEL.

Comme je vous aime! Victorine!

MADAME MICHAUD.

Comme il t'aime, Victorine!

VICTORINE.

Ah! ça vous est encore échappé!

DANIEL, *très-ému.*

Non!... non!... Adieu, mademoiselle, oubliez tout ce que je vous ai dit... excepté le dernier mot! ou plutôt, non! J'avais perdu la tête! Tamerlan doit avoir fait nos malles!... Je ne vous verrai plus! Adieu! je pars... (*Il sort vivement.*)

SCÈNE X

VICTORINE, MADAME MICHAUD*.

VICTORINE.

Il s'en va, maintenant!

MADAME MICHAUD.

Il a raison, ça prouve qu'il a bon cœur! Ah! ma pauvre nièce, pourquoi ne peux-tu pas être la femme d'un bourgeois!

VICTORINE.

Mais, ma tante, Daniel n'est pas un bourgeois, puisque c'est un artiste!

MADAME MICHAUD.

Comment! comment! les artistes ne sont pas des bourgeois?

VICTORINE.

Mais non, ma tante, puisque les bourgeois ne sont pas des artistes!

MADAME MICHAUD.

Ça, c'est vrai! Michaud n'était pas un artiste!

* Victorine, Mme Michaud.

VICTORINE.

Mon oncle Michaud n'avait pas non plus... là... ce petit ruban rouge!

MADAME MICHAUD.

C'est pourtant vrai qu'il est décoré! le scélérat! Il ne nous l'avait pas dit... Et Michaud qui a sollicité la croix toute sa vie, avec ses huit millions! Mais c'est égal, M. Daniel n'est pas noble, avec tout ça.

VICTORINE.

Lui, ma tante!... Est-ce qu'il n'a pas la vraie noblesse, la première noblesse!... la noblesse du cœur!

MADAME MICHAUD.

Tu dis... tu dis...

VICTORINE.

Et vous aussi, ma tante, vous avez la noblesse du cœur! voilà pourquoi vous l'avez si bien compris!

MADAME MICHAUD.

Allons bon! voilà qu'on est tous nobles à cette heure! Ah! comme tu m'entortilles!

SCÈNE XI

LES MÊMES, DES TOURNOIS et DE MARSAL.

DES TOURNOIS, entrant du fond, suivi de de Marsal *.

Victoire! victoire! Madame, partagez ma joie! je viens d'être nommé secrétaire d'ambassade! et j'ose espérer...

DE MARSAL, l'interrompant.

Permettez! M. Daniel a dû parler pour moi, et...

MADAME MICHAUD, à de Marsal.

Tiens! c'est vrai! il m'a demandé pour vous la main de Victorine.

DE MARSAL, à des Tournois.

Vous entendez! (A Victorine.) Oh! mademoiselle!

MADAME MICHAUD.

Oui, il me l'a demandée avec tant de cœur, tant de générosité, tant de noblesse d'âme... que ma foi!... je la lui donne!

(Entrent Daniel et Tamerlan, ce dernier porte une valise.)

DES TOURNOIS, montrant de Marsal.

A lui?

MADAME MICHAUD.

Non!

* Victorine, Mme Michaud, des Tournois, de Marsal.

DE MARSAL, montrant des Tournois.

A lui?

MADAME MICHAUD.

Mais non! (Montrant Daniel.) A lui!

SCÈNE XII

LES MÊMES, DANIEL, TAMERLAN *.

DANIEL.

A moi?

TAMERLAN, laissant tomber sa valise.

A nous! (Il descend à l'extrême gauche.)

VICTORINE.

Oh! ma tante!

DANIEL, avec joie.

Je vous jure, madame Michaud, que je ne songeais pas... je n'avais pas même rêvé... Tamerlan sait bien... qu'en venant ici... Messieurs! n'allez pas croire... et vous surtout, mademoiselle...

MADAME MICHAUD.

Dites donc, l'effaré, si vous n'en voulez pas, il faut le dire.

DANIEL, courant à Victorine.

Si je n'en veux pas! Mais je l'aime!

TAMERLAN. (Il passe et va sauter au cou de madame Michaud.)

Puisqu'il l'aime! embrassons-nous!... (A de Marsal et à des Tournois.) Eh! là-bas! est-ce que vous nous laisserez nous embrasser tout seuls! On n'est donc pas des Français?

(Il va vers Daniel et Victorine, monte sur une chaise et étend ses mains sur le couple en signe de bénédiction.)

DES TOURNOIS.

Il vaut mieux que ces peuples-là se marient entre eux! Embrassez-moi, cher ami!

DE MARSAL.

Nous sommes la noblesse de France!

TAMERLAN.

As-tu fini!

* Tamerlan au fond; Victorine Daniel au fond; Mme Michaud, des Tournois, de Marsal.

FIN

www.ingramcontent.com/pod-product-compliance
Ingram Content Group UK Ltd.
Pitfield, Milton Keynes, MK11 3LW, UK
UKHW021223230726
13926UKWH00003B/1196